Donatienne par René Bazin

René Bazin

Donatienne

Éditions du Phare

Image de couverture : *Paysannes aux champs* par Jean-Bertrand Pégot-Ogier (1878-1915)

Notes sur le texte : Cette édition est basée sur l'édition originale publiée en 1903. L'orthographe, le vocabulaire et la ponctuation ont été revus pour une lecture fluide.

Version 1 de la présente édition

Cet ouvrage est dans le domaine public, car son auteur est décédé depuis plus de 70 ans.

© Bernard Luguern, 2023 pour la présente édition.

Donatienne

I La closerie de Ros Grignon

Ils étaient assis, l'homme et la femme, en haut de la colline, sur le seuil de la ferme, la tête appuyée sur la paume des mains, lui très grand, elle très petite, tous deux Bretons de race ancienne. L'ombre achevait de tomber.

Une bande rouge, mince comme un fuseau, longue de bien des lieues, à peine entamée, çà et là, par l'ondulation lointaine des terres, laissait deviner l'immensité de l'horizon qu'ils avaient devant eux. Mais il n'en venait presque plus de lumière, ni aux nuages floconneux qui barraient le ciel, ni sur la forêt de Lorges, dont les vallons et les côtes fuyaient en houles mêlées. Bancs de nuages dans le ciel, bancs de brume dans le pli des frondaisons, tout était orienté dans le même sens et tout dormait. Une senteur âpre, la respiration nocturne de la forêt, passait par intervalles. À la limite des bois, à trois cents mètres de la maison, une lande ressemblait à une tache brune. Puis il y avait un maigre champ de blé noir moissonné et, plus près, le petit raidillon pierreux, semé de genêts, qui portait la closerie[1] de Ros Grignon.

Ils étaient pauvres. L'homme avait épousé, au retour du service, une fille de marin, servante en la paroisse d'Yffiniac, qui est peu distante de celle de Plœuc[2]. Elle avait quelques centaines de francs d'économie, des yeux noirs très innocents et très vifs, sous sa coiffe aux ailes relevées en forme de fleur de cyclamen. Lui ne possédait rien.

---

[1] Petite propriété entourée de murs ou de haies et possédant une maison d'habitation. (NdE)
[2] Communes des Côtes d'Armor (NdE)

Un soldat qui revient du régiment, n'est-ce pas ? Mais c'était moins pour son argent qu'il l'avait choisie, bien sûr, que parce qu'elle lui plaisait. Et comme il était réputé bon travailleur, dur à la besogne, il avait pu obtenir à bail quatre hectares de mauvaise terre, vingt pommiers, une maison composée d'une étable où vivait la vache, d'une chambre où dormaient les gens, sous le même toit de paille épais d'un mètre et tout brun de mousse : la closerie enfin de Ros Grignon. Cependant il payait mal. Depuis six ans qu'il était marié, trois enfants lui étaient nés, dont le dernier, Joël, avait cinq mois. La mère pouvait à peine aider son mari, dans les grands jours de peine, à remuer la terre, à semer, à sarcler, à moissonner. Et l'avoine se vendait mal, le blé noir était presque entièrement consommé à la maison, et l'ombre de la forêt, les racines profondes des chênes et des ajoncs, rendaient chétives les récoltes.

La nuit s'annonçait calme et humide, comme beaucoup de nuits de la fin de septembre. Dans la chambre, derrière Jean Louarn et sa femme, s'élevait le bruit régulier d'un berceau qu'une petite de cinq ans, Noémi, balançait en tirant sur une corde. Elle endormait Joël. Eux ne bougeaient pas. Les yeux vagues, on eût dit qu'ils regardaient diminuer la bande de lumière rouge au-dessus de la forêt. Des gouttes de rosée, glissant sur les tuyaux de chaume, tombaient sur le cou de l'homme, sans qu'il y prît garde. Ils se reposaient, ouvrant leurs poitrines à la brise fraîche, n'ayant point de pensée, si ce n'est le songe toujours présent de la misère, qui ne se partage plus et que chacun fait de son côté quand elle a trop duré.

Le gémissement du berceau s'arrêta, et l'enfant, mal endormi, cria. La femme tourna la tête vers le fond de la chambre :

– Tire donc, Noémi ! Pourquoi ne tires-tu pas ?

Rien ne répondit. Le bruit doux de l'osier recommença. Mais le père, sorti du rêve où il était plongé, dit lentement :

– Faudrait vendre la vache.

– Oui, reprit la femme, faudra la vendre.

Ce n'était pas la première fois qu'ils parlaient ainsi de mener au marché l'unique bête de l'étable. Mais ils ne se

décidaient point à le faire, attendant un autre moyen de salut, sans savoir lequel.
- Faudrait la vendre avant l'hiver, ajouta Louarn.

Puis il se tut. Le petit Joël était endormi. Aucun bruit ne s'élevait de la closerie, ni de l'immense campagne épandue alentour. La lueur du couchant s'était faite mince comme un fil. C'était l'heure où les bêtes de proie, les loups, les renards, les martres rôdeuses, se levant des fourrés, le cou tendu, flairent la nuit, et, tout à coup, secouant leurs pattes, commencent à trotter par les sentiers menus, à découvert.
- Bonsoir ! dit une voix enrouée.

L'homme et la femme se dressèrent en sursaut. D'instinct, Louarn avait fait un pas en avant, afin d'être entre elle et celui qui venait. Un moment, il demeura penché, fouillant l'ombre de la pente pierreuse, les bras ramenés le long du corps, prêt à lutter. Mais, dans la faible tranche de lumière qui s'échappait de la porte et faisait un petit couloir à travers la brume, une tête apparut, puis un gros corps d'homme élargi par les plis d'une blouse.
- Crains pas, Louarn, c'est moi ; j'apporte une lettre.
- C'est tout de même pas une heure pour courir les chemins, dit Louarn.
- Vous demeurez si loin ! reprit le facteur. Je suis venu après la levée. Tiens, voilà !

Le closier étendit la main, et regarda l'enveloppe avec un rire triste. Qu'est-ce que cela lui faisait, une lettre de plus ou de moins de l'avocat Guillon, le receveur de mademoiselle Penhoat ? Puisqu'il ne pouvait pas payer, c'était de l'écriture inutile.
- Veux-tu entrer ? dit-il. Veux-tu une bolée de cidre ?
- Non, pas ce soir, une autre fois.

La blouse ronde disparut après trois enjambées de l'homme, car le brouillard devenait épais.
- Rentrons, dit Louarn.

Tandis qu'il fermait la porte, et poussait le verrou de bois, luisant du bout, à cause du long usage, sa femme, plus pressée que lui de savoir, enlevait de terre la chandelle fichée dans un

goulot de bouteille. Elle la posa sur la table, et, se penchant au-dessus, les yeux brillants :
— Dis, Jean, d'où vient-elle, la lettre ?
Lui, de l'autre côté de la table, retourna deux ou trois fois l'enveloppe entre ses mains, l'approcha de son visage, qui était long, maigre et tout rasé, sauf un doigt de favoris, près des cheveux, et, ne reconnaissant pas l'écriture de maître Guillon :
— Tiens, lis donc, Donatienne. Ça n'est pas de lui. Moi, l'écriture moulée, ça ne me connaît guère.
Et ce fut à son tour de regarder la petite Bretonne, qui lisait vite, suivant les lignes avec un balancement de la tête, rougissait, tremblait, et finit par dire, les yeux levés, humides de larmes et souriants tout de même :
— Ils me demandent pour être nourrice !
Louarn devint sombre. Ses joues plates, couleur de la mauvaise terre blanche qu'il remuait, se creusèrent :
— Qui donc ? fit-il.
— Des gens ; je ne sais pas : leur nom est là. Mais le médecin, c'est celui de Saint-Brieuc.
— Et quand donc tu partirais ?
Elle baissa le front vers la table, voyant combien Louarn était troublé.
— Demain matin. Ils me disent de prendre le premier train... Vrai, je ne m'y attendais plus, mon homme !...
L'idée leur était venue, en effet, avant la naissance de Joël, que Donatienne pourrait trouver une place de nourrice, comme tant d'autres parentes ou voisines du pays, et la jeune femme était allée voir le médecin de Saint-Brieuc, qui avait pris le nom et l'adresse. Mais, depuis huit mois, n'ayant pas eu de réponse, ils croyaient la demande oubliée. Le mari seul en avait reparlé, une ou deux fois, pour dire, au temps de la moisson : « C'est bien heureux qu'ils n'aient pas voulu de toi, Donatienne ! Comment aurais-je fait, tout seul ! »
— Je ne m'y attendais plus ! répétait la petite Bretonne, le visage éclairé en dessous par la chandelle. Non, vraiment, cela me fait une surprise !...

Et voilà que, malgré elle, son cœur s'était mis à battre. Le sang lui montait aux joues. Une joie confuse, dont elle avait honte, lui venait de ce papier blanc qu'elle regardait maintenant sans rien lire : c'était comme une trêve à sa misère, qui lui était offerte, une délivrance des soucis de sa vie de paysanne obligée de nourrir l'homme, de s'occuper sans repos des enfants et des bêtes. Elle sentait se soulever un peu le poids de fatigue et d'ennui qui les accablait tous deux. Les histoires que racontaient les femmes de Plœuc, les gâteries dont on comblait les nourrices, là-bas, dans les villes, des visions rapides de linge brodé, de rubans de soie, de rouleaux d'or, la pensée d'orgueil, aussi, qu'elle était envoyée par le médecin dans une grande maison de Paris, tout cela, pêle-mêle, lui passait dans l'esprit. Elle en fut gênée, se détourna vers les deux berceaux, côte à côte, près du lit aux rideaux de serge verte, et fit semblant de border les draps de Lucienne et de Joël.

– C'est vrai que ça sera triste, mon homme... Mais, vois-tu, ça aura une fin.

Pas un mot ne lui répondit, et pas une ombre, autre que la sienne, ne remua sur le mur. Elle entendit deux gouttes d'eau qui tombaient dehors, du toit de chaume sur les pierres.

– Et puis, je gagnerai de l'argent, continua-t-elle, et je te l'enverrai. Ces gens-là doivent être riches. Ils me donneront peut-être des brassières, dont les petits ont tant besoin...

L'unique chambre de la maison fut ressaisie par l'universel silence, et sembla, un moment, une chose morte, écrasée comme les bois, les landes, sous la rosée lourde de cette nuit de septembre. Donatienne comprit que l'espèce de joie qu'elle n'avait pu contenir s'était effacée par degrés ; qu'elle n'aurait plus, dans son air, rien d'offensant pour son mari : et elle regarda Louarn.

Il n'avait pas bougé. La chandelle éclairait jusqu'au fond ses yeux bleus, qui ressemblaient, sous la broussaille des sourcils, à un peu de brume blonde, d'où sortait un regard trouble de pauvre être perdu dans un chagrin trop grand. Il suivait les mouvements de Donatienne, sans remarquer le sourire, ni la rougeur du visage, ni la lenteur de ce manège autour des

berceaux ; il la suivait avec une pensée de désespoir, sans rien au-delà, comme si elle eût été une image déjà lointaine, séparée de lui par des lieues et des lieues. Les marins ont le même regard, quand une voile, à l'horizon, descend vers l'infini de la mer.
– Jean ? dit-elle ; Jean Louarn ?
Il s'approcha lentement, faisant le tour de la table, jusqu'auprès du berceau de Joël. Donatienne était là, immobile. Il lui prit la main, et tous deux ils considérèrent, dans l'ombre, les enfants endormis, têtes blondes tournées l'une vers l'autre, à demi recouvertes par les pointes de l'oreiller qui se courbaient au-dessus d'elles.
– Tu veilleras bien sur eux ! dit-elle. C'est si petit ! Lucienne est si futée ! On ne sait par où elle passe, tant elle court vite, et j'ai eu souvent peur, à cause du puits. Tu recommanderas à celle qui viendra...
L'homme fit signe que oui.
– Justement, reprit Donatienne, j'y pensais, là. Tu pourrais aller chercher, demain matin, Annette Domerc, au bourg de Plœuc. Elle conviendrait pour être servante, je crois. Trouves-tu cela bien ?
Les hautes épaules de Louarn se levèrent :
– Que veux-tu que je trouve bien ? dit-il. J'essaierai.
– Et ça réussira, j'en suis sûre ! Tu ne dois pas t'en faire trop de chagrin. Toutes celles du pays s'en vont comme moi... Même je suis restée plus longtemps que d'autres... Vingt-quatre ans, songe donc !
Elle dit encore plusieurs phrases, très vite, des recommandations qu'il n'entendait pas, des formules de résignation qui ne consolent de rien. Puis sa voix claire de Bretonne se voila ; sa poitrine se gonfla plus rapidement dans son corselet galonné de velours ; elle comprit qu'elle n'avait pas dit tout ce qu'il fallait, et murmura :
– Mon pauvre Jean, tout de même !
Lui, il la prit par la taille, d'un seul bras, et, toute petite contre lui, l'emporta sous l'auvent de la cheminée, à gauche, où

il y avait un escabeau[1] pour les veillées d'hiver. Il se laissa tomber sur l'escabeau, et, la posant sur ses genoux, ramenant, le long de son épaule, la tête mignonne de sa femme, comme il avait fait, elle s'en souvenait, un des premiers soirs de ses noces, il la tint embrassée, n'ayant eu qu'un mot pour exprimer sa tendresse d'alors, et le retrouvant pour dire sa peine d'à présent : « Femme ! Femme ! » Il ne baisait pas son visage, il ne cherchait pas même à le voir, il appuyait seulement sur son cœur et enlaçait, avec sa force de géant remueur de terre, cette créature qui était sienne, et se pénétrait de cette suprême douceur d'adieu dont le temps venait d'être mesuré. « Ô femme ! » répétait-il. Toute sa passion était enfermée dans cette plainte, et sa jalousie inquiète, et la pitié que lui causaient toutes ces choses éparses dans le rayonnement faible de la lumière : les berceaux, le lit, la table, le coffre aux vêtements et jusqu'à l'étable d'où arrivait, par intervalles, le bruit d'une masse lourde heurtant les planches, tout cela qui serait si triste sans elle !

Au-dessus d'eux, la cheminée montait, large, noire de suie, ouverte aux brumes qui descendaient lentement.

Donatienne avait essayé de se dégager. Mais il ne voulait pas. Alors elle s'était laissé bercer à son tour par la peur de l'inconnu. « Si je pouvais seulement voir où tu vas ! » avait dit Louarn. Ils ne le savaient pas plus l'un que l'autre. Elle partait, lui restait, et tout leur effort de mémoire, tout ce qu'ils avaient retenu des propos de la caserne ou des commérages des femmes de Plœuc n'arrivait pas à leur donner une idée, même imparfaite, du lieu mystérieux où serait demain Donatienne, la mère de Noémi, de Lucienne et de Joël.

Au bout de longtemps, la lettre qu'ils avaient abandonnée sur la table fut poussée par un tourbillon de vent, et glissa. Il vit, par l'ouverture de la cheminée, que le ciel était couleur de poussière.

– La lune monte au-dessus des bois, dit-il. Il est passé dix heures, Donatienne.

---

[1] Siège peu élevé, sans bras ni dossier, pour une personne (ndE)

Tous deux sortirent de dessous l'auvent, lui pour se dévêtir et se coucher, elle pour s'occuper du petit Joël qui s'éveillait.

Et la nuit roula bientôt sur les cinq êtres endormis qu'enfermait Ros Grignon. Ses étoiles, une à une, passèrent au-dessus des brumes qui mouillaient la forêt, au-dessus du tertre que précédait le champ moissonné, et s'en allèrent vers d'autres champs, d'autres maisons perdues parmi les landes sans nom. C'était la grande nuit, les routes désertes, les fenêtres closes, les villages rejoints, jusqu'au milieu des terres, par le bruit lointain des houles. Toutes les joies humaines sommeillaient dans les âmes, et presque toutes les douleurs, et le dur souci du pain. Au large des côtes seulement, tout autour de la presqu'île bretonne, des feux de navires se croisaient dans l'ombre. Mais la terre, un moment, avait cessé de se plaindre. La closerie de Jean Louarn était muette. L'homme dormait, agité parfois d'un frisson de rêve ; Donatienne, frêle près de lui, et toute rose, ressemblait, quand un rayon de lune vint éclairer le lit, à ces petites figures de mariées qu'on habille de coquillages, dans les pauvres boutiques, là-bas.

II Le départ

Il n'y eut pas d'aube éclatante. Les voiles qui couvraient le ciel pâlirent seulement, et si peu qu'on ne savait en quel point le soleil s'était levé. Depuis une heure, Jean Louarn avait quitté Ros Grignon pour aller chercher, au bourg de Plœuc, une carriole qu'on lui prêterait et la servante Annette Domerc. Donatienne s'habilla, en même temps que Noémi qui, chaque matin, commençait à aider sa mère. La petite, assise sur le bord de son lit, ébouriffée, ses cheveux retombant sur ses yeux mal ouverts, s'interrompait de tirer son bas ou de lacer sa robe, et demeurait en équilibre, prise d'un accès de sommeil, la tête penchée en avant.

La mère était debout, déjà prête, et regardait ses trois enfants, l'un après l'autre, sans rien dire. Sa tendresse maternelle l'avait envahie au premier mot, s'était emparée d'elle tout entière, dès que Louarn avait dit : « Il est cinq heures, voilà le jour. » Et l'idée qu'elle allait abandonner ces trois êtres nés d'elle, le dernier surtout qui n'était pas sevré, lui étreignait le cœur. Elle les regardait, avec l'épouvante secrète de ne plus les revoir, d'en retrouver un de moins quand elle reviendrait. Lequel ? On n'ose approfondir ces peurs-là. L'enfant qu'elle fixait lui paraissait toujours celui que la menace obscure atteindrait. Songeant à cela, elle prit le petit Joël, et le mit tout endormi à son sein.

– Noémi, fit-elle à voix basse, va donc donner une poignée de paille à la vache. Je l'entends qui fourrage.

Elle se pencha, souriante malgré tout, vers le nourrisson dont le visage disparut entre la poitrine blanche de la mère et le pli gonflé de la chemise. Les lèvres du petit commencèrent à sucer le lait, avidement, avec des repos essoufflés de gourmandise. Elle aurait voulu lui dire, et elle pensait avec pitié : « Prends tout, mon mignon ! Tu ne m'auras plus ce soir. Ils te donneront à boire du lait que tu n'aimes pas. Tu aimes le mien. Bois à ta soif, pour la dernière fois ! » Et, lorsque les lèvres ensommeillées de Joël la quittaient, retombant l'une sur l'autre, comme un coquillage qui se ferme, elle les excitait du bout de son doigt, et l'enfant se ranimait pour boire encore la vie.

Elle le recoucha, et, ne pouvant se résoudre à le quitter, elle le regardait dormir, et elle lui souriait avec l'abandon des jours anciens, lorsque, brusquement, elle fut ressaisie par la pensée de l'heure qui passait. Noémi rentrait par la porte de l'étable, ayant des brins de paille dans les cheveux. Donatienne courut au coffre où elle renfermait les vêtements de rechange de ses enfants et les siens, – une brassée de lainages avec un peu de gros linge, – et, à la hâte, plia un vieux jupon, un fichu, une chemise et deux coiffes, dans une serviette dont elle croisa les bouts à l'aide de deux épingles. C'était tout ce qu'elle emportait : les femmes du pays lui avaient recommandé de laisser le reste à la maison, parce que les bourgeois donnaient ce qui manquait. De moins pauvres qu'elle en faisaient autant.

– Écoute ! dit-elle en tendant l'oreille.

Noémi, qui courait, s'arrêta. Un roulement de voiture montait vers Ros Grignon. L'homme devait traverser le tronçon nouvellement empierré du chemin, à trois cents mètres de la closerie. Donatienne eut le temps d'achever sa toilette. Elle avait belle allure dans sa meilleure robe de drap noir à mille plis, avec sa guimpe blanche échancrée au cou et sur la nuque, et son rouleau serré de cheveux blonds sous la coiffe aux ailes envolées.

Le mari entra, suivi d'une fille chétive, un peu voûtée, dont les yeux pâles étaient presque de la couleur de la peau toute rousselée, et qui avait dix-sept ans, et n'en paraissait pas plus de quinze.

– Bonjour, maîtresse Louarn ! dit-elle.

Donatienne ne répondit pas. Deux larmes, si grosses qu'elle n'y voyait plus, avaient rempli ses yeux. Elle embrassa Joël qui ne remua pas, Lucienne qui se tourna dans le berceau ; elle enleva dans ses bras Noémi qui venait, attirée par ces larmes qu'elle ne comprenait pas.

– Ma petite, ma chère petite, tu auras soin, toi aussi, de ton frère et de ta sœur, n'est-ce pas ? Ne cours jamais loin avec eux. Je reviendrai... Adieu.

Elle la déposa par terre, prit le paquet de vêtements et un parapluie de coton bleu, passa devant la servante hébétée, et se hissa dans la carriole, tandis que Louarn tenait le cheval par la bride...
Une minute après, ils avaient descendu la pente. La porte de la maison dessinait comme un trou noir au-dessous du chaume, encadrant une petite forme brune en retrait dans cette ombre, une vision d'enfant déjà presque effacée. Un tournant de la route cacha bientôt Ros Grignon, et Donatienne ne vit plus rien que la campagne indifférente des voisins, puis celle des inconnus, puis des arbres et des chemins creux dont elle n'avait aucune idée. Louarn semblait uniquement occupé de conduire.

Ils allaient vers la station de l'Hermitage, la moins éloignée de Ros Grignon, dans la vapeur molle du matin, si basse que les pointes des chênes et des pommiers en étaient comme fumeuses et brouillées.

Quelques centaines de mètres avant d'arriver au bourg, Jean Louarn, à une côte, se pencha vers sa femme, et l'embrassa au front.

– Tu m'écriras, dit-il, pour que je connaisse où tu es. Je me ferai bien du tourment de toi, Donatienne...

La jeune femme répondit :

– Bien sûr, et tu me donneras, toi, des nouvelles du pays.

Elle ne l'embrassa point, retenue par la tradition austère de la Bretagne, par la peur des yeux qui regardent, entre les cépées.

La carriole s'arrêta devant la station, au moment où le train de neuf heures et demie arrivait de Pontivy. Ils eurent juste le temps de courir au guichet, l'homme portant le paquet blanc, la femme essayant d'ouvrir le porte-monnaie aux armatures de cuivre usé.

Rapidement, se heurtant aux passages, bien qu'ils ne fussent chargés ni l'un ni l'autre, ils traversèrent la salle d'attente, et Donatienne monta dans le compartiment de troisième, dont un employé tenait la portière ouverte.

– Adieu ! dit Louarn.

Elle ne l'entendit pas. Il vit le joli visage rose, les yeux bruns, les ailes en mouvement de la coiffe passer derrière la vitre miroitante du wagon, et il demeura immobile sur le quai, regardant fuir le train qui emportait Donatienne.

III Le chemin de Paris

Il s'en revint seul, songeant à elle. Donatienne, au contraire, qui s'était jetée dans un angle, la tête tournée vers la campagne, les yeux pleins de larmes, fut assez rapidement distraite par les conversations, en français ou en breton, qui s'échangeaient autour d'elle, et par les noms, criés le long du train, des premières stations après l'Hermitage. Des gens montaient dans le wagon, et elle les connaissait toujours un peu, ou bien elle distinguait de quel canton ils étaient venus, tantôt à la coiffure des femmes, tantôt à la façon dont les vestes des hommes étaient galonnées ou brodées. Une voisine, qui portait la coiffe de Lamballe, lui demanda si elle allait loin.
- Jusqu'à Paris, dit Donatienne.
- Peut-être bien pour être nourrice ?
- Justement. J'ai quitté mes enfants, Noémi, Lucienne et Joël. Ça n'est pas grand, vous pensez !

Elle parla de chacun d'eux à la femme qui s'apitoyait. Et cela lui faisait du bien de pouvoir s'entretenir avec une autre mère, qui comprenait. La nouveauté des choses l'intéressait aussi, et lui fournissait des sujets d'étonnement, en rapport avec la parfaite ignorance où elle se trouvait, n'ayant jamais vu qu'un coin du pays d'Yffiniac et un coin de celui de Plœuc. Elle remarqua, par exemple, que les bestiaux étaient de plus forte taille, à mesure qu'on s'éloignait de Ros Grignon, et qu'il y avait moins d'ajoncs et plus de haies d'épines. À Rennes, elle dut s'arrêter trois heures. Une femme l'emmena, la voyant lasse déjà et étourdie par le roulement du wagon, prendre un bol de café dans un restaurant à bas prix, près de la gare. C'était une grosse vieille, réjouie et ridée, de cette bonne race populaire qui croit tout de suite à l'honnêteté des passants sur la mine, et se dévoue sans espoir de profit, par besoin.

Ensemble elles visitèrent une église et la promenade publique. Elles s'aimaient un peu l'une l'autre quand elles se quittèrent. Donatienne eut l'impression vague qu'elle embrassait sa Bretagne familière et serviable, et qu'elle lui disait adieu, lorsqu'elle quitta, pour monter dans un nouveau train, la vieille femme qui pleurait sur le sort de cette inconnue toute jeune, aventurée loin du pays breton.

Ce fut bientôt fait de dépasser la région des petits prés en pente bordés d'ormes, et des champs de sarrasin coupés de lignes de pommiers. Le train s'engagea dans les grasses campagnes de la Mayenne et de la Sarthe. Donatienne les considéra longtemps, le front appuyé sur la vitre, distraite par les pauvres pensées que lui suggéraient les choses semblables à celles qu'elle avait toujours connues. Mais, aux deux tiers de l'interminable voyage, la nuit tomba. Les vapeurs violettes qui avaient, depuis le matin, formé comme une couronne autour de l'horizon, s'avancèrent de tous les côtés à la fois, resserrant leur cercle, emprisonnant le train qui fuyait à toute vitesse. Alors Donatienne sentit qu'elle allait perdre la dernière occupation de ses yeux et de son esprit. Elle ne raisonna point cette angoisse, mais jeta un regard effrayé sur ses voisins de hasard, et reporta vite ses yeux vers les champs que l'ombre envahissait. Elle compta qu'il n'y avait plus que quatre longueurs de haies qui fussent visibles, plus que trois, plus qu'une étroite bande, bordant la voie.

Elle essaya de discerner la forme des rares habitations éparses dans cette ombre, reconnaissables à la lueur des fenêtres basses, et elle aurait voulu entrer dans l'une d'elles, se trouver tout à coup abritée, dans la tiédeur des chambres, parmi ceux qui veillaient là, tous ensemble. C'était fini tout à fait. Elle ferma les yeux, et songea avec effroi au long chemin qu'elle avait encore à parcourir, dans la nuit, sur ces rails dont chaque heurt se transmettait en commotion douloureuse à sa poitrine trop gonflée de lait, parmi des voisins de hasard, secoués avec elle, engourdis par le bercement de la voiture.

Quand elle rouvrit les yeux, elle aperçut, à l'autre extrémité de la banquette, sous le jour douteux de la lampe, une jeune femme qui retenait, d'un bras, un petit paquet blanc allongé sur ses genoux. La robe était relevée, ramenée en plis bouffants aux côtés de la taille. Deux doigts de l'autre main serraient encore un numéro de journal déplié, que la voyageuse avait essayé de lire, et qui s'était incliné, peu à peu, vers le paquet blanc qu'il recouvrait presque.

Donatienne se leva, et s'approcha en plusieurs fois, n'osant pas. L'inconnue leva la tête, inquiète d'abord, puis son regard s'adoucit et finit par sourire à la physionomie si jeune et à la coiffe campagnarde de Donatienne. Elle devina l'interrogation muette, écarta le journal, et dit :
– C'est mon enfant, une petite fille. Elle dort depuis Le Mans.
– Moi aussi, je suis mère, dit Donatienne. Je vais à Paris, pour être nourrice.

Elle tira de son corsage la lettre du médecin.
– Oh ! dit la jeune femme, boulevard Malesherbes ! Ça doit être des gens riches !
– Vous croyez ?
– Oui, c'est l'un des beaux quartiers de Paris. Vous avez de la chance.
– Et vous, dit Donatienne, vous allez à Paris aussi ?
– Non, tout près d'ici, à Versailles.
– Peut-être retrouver votre mari ?

L'inconnue hésita un peu, et répondit, de sa même voix très douce, plus basse seulement :
– Moi, je n'ai pas de mari.

Elles se turent alors toutes deux, comme si ces mots avaient été une sorte d'adieu plaintif de l'une à l'autre, et elles ne cherchèrent plus à se parler. Donatienne reprit sa place dans l'angle du wagon. Elle était si absorbée par les pensées nouvelles qui s'agitaient dans son esprit, qu'elle ne vit pas même l'inconnue descendre à la gare de Versailles. De ces courtes confidences, qui l'avaient un moment émue, une seule chose restait, grandissait en elle, la remplissait d'une joie d'orgueil, l'idée de Paris qui approchait et de la richesse qu'elle allait enfin coudoyer. Elle était toute voisine, maintenant, la grande ville mystérieuse. Elle s'annonçait aux rougeurs suspendues dans le ciel, en avant ; aux milliers de becs de gaz, menus comme des étincelles, qui trouaient une seconde la nuit, dans l'ouverture des collines. Donatienne la sentait venir avec un frémissement de tout son être, en fille de race marine qu'elle était. À sa manière, elle éprouvait l'ardente impatience de ses pères et de ses oncles, voyageurs des grands océans, dont le sang léger et plein de rêves s'était brûlé de convoitise en vue des terres nouvelles. Comme eux, elle laissait derrière elle un foyer pauvre, une vie monotone, des fardeaux dont le voyage délivre. Et, ballottée en tous sens par les aiguillages des voies qui se croisaient, éblouie par les fanaux allumés aux abords de la gare, étourdie par le bruit des roues et le sifflet des machines, sans souvenir de la fatigue, ni même du petit pays lointain perdu dans les ajoncs, elle souriait, rajeunie, embellie, soulevée par un vague inconnu d'espérance et de joie.

Une vieille femme de chambre l'attendait sur le quai. Un coupé était stationné dans la cour. Elles montèrent dans la voiture, ayant entre elles le paquet de vêtements de la nourrice. Donatienne répondait rapidement aux questions de sa compagne de route, sans cesser de regarder, à travers la vitre, les rues si longues, si nombreuses, qui semblaient fuir sous elle. Malgré l'heure avancée de la nuit, Paris était illuminé, bruissait et vivait. Au passage de la Seine, elle crut voir un feu d'artifice, le plus beau qu'elle eût jamais vu. En traversant la place de la Concorde, elle demanda, désignant les Champs-Élysées : « Est-ce une forêt ? » Les maisons énormes, avec leurs larges portes closes, elle les cherchait de loin, elle les suivait jusqu'à ce qu'elles eussent disparu, comme si chacune avait dû être « la sienne ». Son cœur battait et lui disait qu'elle était chez elle, dans sa patrie de voyage, comme ses pères en avaient connu une ou deux, en leur vie d'aventures.

Quand elle entendit s'ouvrir la porte de chêne massif de l'hôtel particulier où elle allait servir ; quand, sortant du coupé, elle respira l'air tiède du porche, chargé d'un parfum de fleurs de serre, elle paraissait si radieuse, si bien dégagée de toute la misère passée, que la femme qui l'accompagnait se pencha par la fenêtre de la loge, et dit :

– J'en amène une qui s'habituera, pour sûr !

Elles disparurent par l'escalier de service.

Presque au même moment, avant que le jour fût encore levé sur la terre de Plœuc, en Bretagne, la haute stature de Jean Louarn se dressa sur la colline de Ros Grignon. Il n'avait pas dormi. Mieux valait partir tout de suite pour le travail et errer à travers les bois, que de rester dans cette chambre encore trop pleine de sa présence, à elle.

Un peu de temps, sa bêche sur l'épaule, il considéra la nuit, au-dessous de lui, comme s'il pouvait mesurer la tâche à faire. Il soupira, et descendit la pente.

IV La lande défrichée

Six mois passèrent. Les pluies de printemps tombaient du ciel, fréquentes, brèves, en grains serrés qui rejaillissaient sur la terre, et se pendaient en gouttes fines aux brins naissants du blé. Louarn revenait de la forêt où il travaillait depuis novembre, s'étant loué pour abattre du bois, deux jours par semaine. La besogne était finie, la dernière charretée de fagots s'éloignait dans les avenues défoncées, et l'on entendait par moments, dans l'air calme, un bruit de sonnettes lointaines, doux à ravir, comme si les anges annonçaient Pâques, un peu d'avance. Il traversa la longue taille qu'il avait dépouillée, cépée à cépée, et qui faisait un vide, entre sa lande et la lisière nouvelle des gaulis. Il songeait au passé, depuis que Donatienne était partie.

Ç'avait été un bien rude hiver. Il avait fallu remuer à la bêche, tout seul, un champ pour y semer le froment, une bande, sous les pommiers, pour le blé noir, une autre, dont le sol était rocailleux et maigre, pour l'avoine. Autrefois, sans doute, Donatienne ne l'aidait pas beaucoup. Elle avait le bras un peu faible pour tenir la bêche, et le soin des enfants la renfermait dans Ros Grignon. Cependant, elle était utile pour les semailles. On n'aurait pu trouver, sur la paroisse de Plœuc, une main plus agile, ni plus sûre que la sienne. Quand les sillons étaient béants, elle venait aux champs, trois jours, cinq jours, huit jours de suite, s'il en était besoin ; elle relevait jusqu'à sa ceinture l'un des coins de son tablier, l'emplissait de grains, passait sans hâte, ouvrait les doigts : la semence tombait en gerbe longue, et partout où Donatienne avait passé, la moisson germait plus égale qu'ailleurs.

Cette année, la maîtresse de Ros Grignon était bien loin quand les semailles s'étaient faites : elle n'était pas près de revenir encore, quand le froment montrait sa pointe verte et le blé noir ses menues feuilles roses aux premières rayées de mars. La maison aussi se ressentait de son absence. Annette Domerc n'avait pas d'ordre. Elle n'aimait qu'à courir les chemins avec les trois enfants, laissant la ferme dès que Louarn était parti, pour aller ramasser des pommes ou causer avec les gens des villages. Et le closier ne pouvait s'habituer à la physionomie de cette fille sournoise, qui ne répondait rien quand on la grondait, ne racontait jamais ce qu'elle faisait, et disait à demi-mot des choses au-dessus de son âge sur les femmes du bourg. Mais, comme il la payait très peu cher, il la gardait.

Triste hiver, surtout à cause des pensées que Louarn avait dû renfermer en lui, bien secrètes ! Cette fille, justement, lui avait fait remarquer que Donatienne n'écrivait pas souvent. Il ne s'en serait peut-être pas aperçu, distrait par trop de travail et n'ayant aucun point de comparaison. Mais c'était vrai, qu'elle écrivait peu, et des lettres si courtes ! Il portait toujours sur lui la dernière arrivée, vieille parfois de trois ou quatre semaines, et, quand il était seul, que personne de Ros Grignon ne pouvait le voir, il la relisait, tâchant de se représenter les choses qu'elle lui marquait : « Madame m'a emmenée aux courses, où il y avait tant de monde que tu n'en as jamais tant vu, je suis allée au théâtre, en matinée, avec Honorine, la première femme de chambre. » Et puis, elle n'avait envoyé qu'une seule fois de l'argent, vers le milieu de janvier, quand le receveur de mademoiselle Penhoat avait menacé de saisir tout, à Ros Grignon, pour les trois années qu'on lui devait, et, la semaine suivante, M. Guillon, après avoir touché la moitié seulement des fermages en retard, était parti en donnant un dernier délai, jusqu'aux derniers jours de juillet, pour tout payer. « Tu aurais mieux fait de garder ta femme avec toi, avait-il dit en quittant la ferme, ou de lui trouver une place dans le pays d'ici. Sais-tu seulement où elle habite ? Et jeune comme elle l'est !... » Louarn avait levé vers lui ses yeux de Breton songeur, qui ne comprend qu'à la longue les gens de ville. Mais il lui était resté au cœur une défiance, une peine confuse, et comme un regret de plus, ajouté à tant d'autres.

L'homme était sorti de la forêt, et tournait une cornière de la lande, pour reprendre sa route tout droit vers Ros Grignon. L'épaisseur de l'ombre projetée sur le sol par la masse des ajoncs et des genêts poussant là en toute liberté, le frappa pour la première fois. Depuis que le taillis avait été coupé, ils semblaient avoir pris une nouvelle vigueur, et l'on voyait mieux la hauteur démesurée qu'ils avaient atteinte, jusqu'à dépasser d'un pied la tête du closier. Jean Louarn s'arrêta, et observa avec attention la profondeur du fourré, entre les branches qu'il écartait du coude. La terre portait encore la marque d'anciens sillons ; elle était chauve, fendue, creusée par les insectes et les mulots, et, d'espace en espace, jaillissaient, noueux, éclatants de sève, ramés comme des arbres, les troncs verts des genêts et les troncs gris des ajoncs, dont les dernières palmes, à l'air libre, là-haut, se gonflaient d'épines pâles et de boutons déjà roux.

« Nos anciens ont cultivé la lande, pensa Louarn. Si j'essayais ? Il y aurait profit. »

Il se recula de dix pas, considéra ses récoltes qui levaient, s'efforça d'imaginer le bel ensemble que formeraient ses champs, lorsque la lande aurait disparu, et songea, parce qu'il songeait toujours à elle :

– C'est Donatienne qui serait surprise !

À peine entré dans la chambre de Ros Grignon, Annette Domerc, assise sur une chaise basse, près du feu, lui montra de la main la table.

– Il est venu enfin une lettre, maître Louarn. Elle vous a écrit, notre maîtresse.

Il jeta sur le carreau la fourche de fer qu'il portait, saisit avidement la lettre, et revint la lire sur le seuil, où le jour était encore vif. En un autre moment, il eût trouvé que Donatienne répondait bien brièvement. Mais elle lui disait : « Je suis heureuse, sauf que les enfants me manquent. Embrasse-les tous pour moi. » Et il avait si grand besoin d'être heureux, il se sentait si fortement poussé vers elle, ce soir-là, par le nouveau projet qu'elle avait inspiré, qu'il vit une seule chose : elle avait écrit, elle n'oubliait pas Ros Grignon, elle priait le père d'embrasser les petits.

Content, ramassant dans la poche de sa veste la lettre de Donatienne, il rentra dans la maison, et embrassa Noémi et Lucienne qui jouaient près du coffre.

– Ah ! les mignonnes ! disait-il en les enlevant l'une après l'autre, je suis chargé de vous embrasser pour la maman ! Vous vous rappelez bien maman Donatienne ?

Comme il se penchait au-dessus de Joël endormi sur les genoux de la servante, il entendit le petit ricanement aigu d'Annette Domerc, et sentit le frôlement des cheveux ébouriffés, qu'elle n'attachait souvent pas sous son bonnet.

– Maîtresse Louarn donne donc de bonnes nouvelles ? demanda-t-elle. Sans doute, elle revient ?

Louarn, redressé, regarda, du haut de sa grande taille, la servante qui levait sur lui son visage où errait un étrange sourire, et ses yeux inquiétants, où des lueurs tremblaient et se déplaçaient comme dans des yeux de chat.

– Pourquoi veux-tu qu'elle revienne ? Elle n'a pas fini de nourrir, dit le closier.

– Je croyais... Vous aviez l'air si réjoui ! Le visage d'Annette avait repris son expression habituelle de vague ennui, et Louarn, qui voulait confier à quelqu'un, ce soir, une chose rare dans sa vie, un peu d'espérance et de joie, s'éloignait de cette créature et s'asseyait, de l'autre côté de la cheminée, sur le bord échancré du bois de lit. Il appela Noémi, son aînée, qui pouvait un peu comprendre, et la plaça près de lui.

– Petite, dit-il doucement, j'ai une idée. Tu connais bien, la lande ?

– Oui, papa.

– Je la couperai toute, je ne laisserai pas une mauvaise herbe debout. Je ferai cela tout seul. Puis, je bêcherai la terre, et je la défoncerai, et tout sera fini quand maman Donatienne reviendra. Sera-t-elle contente, quand elle verra là un champ de pommes de terre ou de colza ! Je crois que j'y mettrai du colza. Crois-tu qu'elle sera contente ?

– Et les nids ? demanda l'enfant.

– Je te les donnerai.

Il aperçut l'éclair de plaisir qui traversa les grands yeux de Noémi, et, secrètement, il eut l'impression que c'était l'autre, l'absente, qui lui souriait pour lui donner courage. Il fit veiller l'enfant, s'égayant avec elle, bien qu'il fût naturellement taciturne et sobre de caresses, et tâchant de la faire rire pour voir encore passer le rayon.

    Le lendemain, il attaqua la lande, droit au milieu de la ligne sombre, couronnée d'or, qu'elle faisait devant Ros Grignon. Il se mit debout au fond du fossé herbeux qui endiguait les ajoncs, appuya les genoux contre le talus, et, prenant sa serpe aiguisée à neuf, l'enlevant à pointe de bras, il l'abattit sur le bois dur et tordu d'un arbuste, dont la ramure était énorme et débordante comme une fourchée de foin. La lande eut l'air de frémir toute. Un coup de vent souffla sur ses pointes. Deux merles s'enfuirent en criant. Louarn entendit le glissement de mille bêtes invisibles qui rentraient dans leurs trous. Il sourit en relevant sa serpe. Il frappa encore, à la même place, agrandit la blessure, fit voler des copeaux blancs, sentit s'ébranler la masse lourde des branches, et se recula tandis qu'elle chavirait et tombait à terre avec un grand frisson, toutes les fleurs en avant.

    Les petites, qui regardaient avec Annette Domerc, du haut de la colline, battirent des mains. Louarn coupa les dernières fibres de l'écorce, jeta l'ajonc dehors, et entra dans la lande. À midi, on voyait déjà, dans la brousse épaisse, un cercle pâle, grand comme la moitié de la chambre de la closerie.

    Sous le soleil déjà chaud, ce jour-là, les jours suivants, Louarn continua son œuvre. Il y mettait une rage singulière. Malgré ses gants en peau de mouton, ses mains saignaient de toutes parts. Malgré sa longue habitude du travail, il était épuisé, quand il rentrait, à la brune, enlevant une à une les épines qui lui avaient percé les doigts. Cependant, il disait, avec une sorte d'orgueil joyeux : « Rude journée : encore cinquante, encore quarante-cinq comme celle-là, et l'ouvrage s'avancera. » Annette Domerc le regardait sans répondre, Noémi n'écoutait pas, le feu mourait sous le trépied qui avait porté le chaudron, et l'homme répétait, sans autre écho que sa propre pensée qui allait loin de Ros Grignon : « Encore cinquante, encore quarante-cinq. »

    Les beaux jours d'été commencèrent. Toute la campagne était verte autour de Ros Grignon. Les pommiers ressemblaient à des boules de fleurs comme en font les enfants avec les primevères de printemps. Le jour, les abeilles les pillaient. Le soir, c'était un parfum de miel dans la pauvre chambre, et les pétales roses entraient par la porte, et couraient sous les lits. Louarn l'écrivit à sa femme, qui n'avait pas répondu aux dernières lettres. Il était troublé de ce silence. Il avait peur qu'Annette Domerc ne devinât sa pensée, car elle paraissait l'épier. Il écrivit alors qu'il y aurait une bonne année de cidre, espérant que Donatienne, heureuse, remercierait de la nouvelle. Mais rien ne vint.

Il avait beaucoup avancé le défrichement de la lande, et il ne restait plus, le long de la forêt, qu'une bordure d'ajoncs, quand l'avoine, au-delà des pommiers, se mit à blondir. Plante légère, graines si vite perdues ! Louarn abandonna la serpe, et prit la faucille. Les épis tombèrent à leur tour, comme était tombée la lande, se redressèrent en javelles. Le blé noir ouvrit ses millions de fleurs blanches. Les jours accablants de juillet pesaient sur les reins en sueur des hommes que la moisson courbait, et les soirs étaient longs. Pas assez longs, cependant, puisque Louarn attendait cette lettre qui ne venait pas. Chaque jour, il l'espérait, il veillait autour de sa maison, jusqu'à ce que l'ombre fût entière sur les champs et sur la forêt. Depuis quatre mois, il était sans lettres de Donatienne. À ceux qui l'interrogeaient, il essayait de répondre : « J'ai eu de ses nouvelles, elle va bien, toujours. » Et c'était vrai, car un cousin à lui, marchand d'œufs et de volailles, ayant passé par Ros Grignon, au retour d'Yffiniac, lui avait rapporté cette phrase, qu'il tenait des parents de Donatienne, « ceux du Moulin-Haye », comme il disait. Mais pas un mot n'était venu consoler le défricheur de lande, le coupeur de javelles, le mari qui pleurait tout bas dans les nuits courtes, enfiévrées par la fatigue et par le rêve.

V La saisie

Quelques jours avant la fin de juillet, l'huissier qui était venu, la semaine d'avant, signifier à Louarn de payer ses fermages arriérés, revint pour saisir les meubles, au nom de mademoiselle Penhoat. Dès qu'il le vit sur la route, montant accompagné de deux témoins, gens du bourg, vers la maison de Ros Grignon, Louarn s'interrompit de faucher le blé déjà très mûr, dont il avait coupé un sillon seulement ; il planta le bout de sa faucille dans le sol, et s'en alla, tout à l'extrémité de la lande, s'adosser à un pied de genêt colossal, l'un des derniers qui restaient debout, à l'orée de la forêt. Là, les bras croisés, embrassant d'un regard l'ensemble de la closerie, les quatre hectares où avaient tenu tant de travail, tant de misère, tout ce qu'il avait eu d'affections au monde, et ce qu'il gardait d'espérance, il attendit.

L'huissier laissa les hommes qui l'accompagnaient au bas du tertre, et se dirigea vers le closier. Il avait l'air aussi pauvre que le paysan qu'il venait saisir, avec sa jaquette usée, son chapeau de feutre craquelé, roulait un peu sur les sillons, et levait parfois sa tête maigre qu'encadraient deux favoris blancs, pour voir si Louarn le laisserait faire le trajet jusqu'au bout du champ, sans se donner la peine d'avancer d'un pas. Mais Louarn restait immobile. Ce fut seulement quand les deux hommes n'eurent plus entre eux que la largeur de deux sillons de la lande, qu'il se redressa, d'un coup d'épaule dont le genêt trembla, et qu'il dit, les dents serrées d'émoi :

– Tu reviens donc saisir mon bien ?

– Oui, je suis envoyé par mademoiselle Penhoat...

– Je ne t'en fais pas reproche, interrompit Louarn. Même tu fais bien, puisque c'est ton métier. Mais je veux te dire quelque chose pour que tu juges, toi qui es un homme. Regarde devant toi, à gauche, à droite, jusqu'au talus !

L'huissier, étonné, regarda d'abord ce grand paysan qui n'avait pas l'air d'un débiteur comme les autres, puis le sol dénudé d'où se levaient des racines aiguës, sabrées à coups de serpe.

– J'ai travaillé trois mois passés dans cette brousse qui m'a mangé les mains. Regarde derrière toi, maintenant, la taille de bois que j'ai abattue cet hiver ! Regarde encore mon froment qui est mûr, et mon blé noir ! Tu ne diras pas que j'ai paressé, hein ? Tu ne le diras pas ?

– Non.

– Eh bien ! j'ai fait tout ça pour mes enfants et aussi pour ma femme, qui est chez des bourgeois, à Paris. Tu comprends, n'est-ce pas, qu'elle ne peut pas me laisser vendre, à présent, comme un gueux ?

– Elle devrait payer, en effet, dit l'huissier.

– Combien de temps me donnes-tu encore ?

– Maître Louarn, nous sommes aujourd'hui mardi. J'annoncerai la vente pour de dimanche en huit.

– Tu seras payé, dit Louarn, je lui ferai passer une dépêche,... et elle répondra.

En parlant, il avait frémi de tout le corps, et il avait dit : « Elle répondra », d'une voix toute basse, faussée par les larmes. Pourtant il ne pleurait pas. Il avait seulement levé la tête, un peu, vers Ros Grignon. L'étranger ne pouvait plus voir les yeux de Louarn, et il s'apprêtait à lire quelque chose de sa procédure, quand il sentit se poser lourdement sur lui la main du closier.

– Ne lis pas tes papiers, dit Louarn. Je n'écouterai rien, je ne signerai rien. Je sais que je dois plus que je ne possède à mademoiselle Penhoat et à plusieurs du bourg de Plœuc qui m'ont fait crédit. Va chez moi, tout seul.

– J'ai besoin de vous, maître Louarn.

– Non, tu n'as pas besoin de moi. Tu prendras tout ce que tu trouveras, pour le marquer sur tes cahiers : le lit, la table, la vache...

– Mais vous avez le droit de garder...

– Je te dis de tout marquer, dit le closier en s'animant et en désignant Ros Grignon. Tu marqueras les chaises, les dorures et les hardes de noces, le tablier de soie qui est dans le coffre...

– Maître Louarn, je n'ai jamais vu personne qui...

– Tu marqueras les deux coiffes qu'elle s'était achetées un mois avant de partir, sur l'argent de son fil, et son rouet qui est pendu aux poutres. Tout ça m'est venu de Donatienne, et si elle ne répondait pas, tu dois comprendre, toi, l'huissier, à présent que tu sais ce que j'ai fait pour elle, que je ne pourrais rien garder du bien que j'ai tenu de sa main. Non, en vérité, je n'en garderai pas gros comme mon cœur qui est là. Marque tout !

L'huissier leva les épaules, devinant une misère au-dessus du commun, et, vaguement ému, ne sachant que dire, s'éloigna en repliant ses papiers.

– Il n'y a qu'une chose que je retiens, dit Louarn, c'est le portrait qui est le long du mur, accroché. Personne que moi n'y a droit.

L'homme fit un signe affirmatif, sans se détourner, et continua vers Ros Grignon. Il monta péniblement le raidillon. La petite Noémi, debout dans l'ouverture de la porte, rentra en criant de peur. Louarn, à grands pas, par la traverse, gagna le bourg de Plœuc.

Dès les premières maisons, quand on le vit, se hâtant, les yeux droit devant lui, comme un homme qui songe et ne fait nulle attention à sa route, les ménagères sortirent sur le pas des portes. On savait que l'huissier était parti pour Ros Grignon. Plusieurs ne disaient rien, et prenaient un air de commisération, dès que Louarn avait passé ; d'autres, les jeunes surtout, plaisantaient à voix basse. Il se formait un concert de médisances et d'allusions, qui s'élevait derrière lui, comme une poussière. Les nouvelles de Donatienne, les nouvelles qu'il ignorait, avaient couru le village, et éveillaient la curiosité du peuple sur le passage de l'homme. Il n'entendait rien. Il fallut qu'au carrefour, au moment où Louarn tournait pour aller au bureau de poste, la femme du boulanger, qui était nouvelle mariée et légère en paroles dit, presque tout haut dans un groupe :

– Pauvre garçon ! Il aura appris que l'enfant est mort, et que Donatienne...

Au nom de sa femme, Louarn eut l'air de sortir du rêve, et le regard qu'il attacha sur cette petite marchande fut si stupide d'étonnement, qu'elle rougit jusqu'aux ailes de sa coiffe, et rentra dans sa boutique. Le closier hésita un moment, comme s'il allait s'arrêter. Mais les hommes qui étaient groupés là et qu'il connaissait tous, tournèrent aussitôt la tête, et se séparèrent pour n'être pas abordés.

« L'enfant est mort ! » Ce mot s'était gravé dans le cœur de Louarn. « L'enfant est mort ! » Quand donc était-il mort ? Il s'agissait de l'enfant de Paris, sûrement, de l'enfant des bourgeois qui avaient pris Donatienne. Pourquoi ne l'avait-elle pas écrit ? Pourquoi, s'il était mort, n'était-elle pas revenue ? Avait-il bien entendu ? Ou bien était-ce que l'enfant venait de mourir seulement, et que Donatienne allait rentrer ? Mais alors pourquoi la boulangère avait-elle dit : « Pauvre garçon ! » C'était le plus probable, pourtant... Oui, l'enfant venait de mourir... Donatienne, dans le tourment de voir son nourrisson malade, n'avait rien écrit. Ou bien elle avait écrit à d'autres, craignant que son mari ne lui fît des reproches... Des reproches ! oh non, il ne lui en adresserait pas, il savait qu'elle avait dû soigner de son mieux le petit qui était mort !... Elle voulait raconter elle-même comment le malheur était arrivé, sans sa faute... Elle venait d'envoyer la nouvelle de son retour. La lettre... peut-être Donatienne elle-même était en route pour le retour... « L'enfant est mort... L'enfant est mort !... »

Ces idées, l'une après l'autre, traversaient l'esprit de Louarn, qui les rejetait toutes, les unes parce qu'elles accusaient Donatienne, les autres parce qu'il avait senti, au regard embarrassé des gens, qu'un malheur était sur lui. « L'enfant est mort. »

Le closier était si pâle, quand il frappa au guichet de la poste, que l'employée, une jeune fille, lui demanda :

– Il n'y a pas de malheur chez vous, maître Louarn ?

– Il n'y a que la saisie.

– Oh ! la saisie, on s'en relève. Mon père, à moi, avait été saisi, et il a fait de meilleures affaires plus tard. Ne vous tourmentez pas comme ça.

Pour rien au monde, Louarn n'aurait voulu avouer le doute affreux qui le tenait. Mais il observa, par la lucarne, le visage tranquille et bon de l'employée, et fut un peu consolé de n'y pas lire la moindre expression d'ironie. Elle écrivit pour lui le télégramme :

« Tout est saisi à Ros Grignon. Tout sera vendu. Je te supplie envoyer argent et nouvelles.

« Jean. »

Elle relut, il paya, et, comme il la regardait encore :
– C'est tout, fit-elle doucement.
La vitre se referma. Jean Louarn se sauva par une rue où n'habitaient que des pauvres, et qui donnait tout de suite sur la campagne.

Il rentra à Ros Grignon au moment où l'huissier et les témoins de la saisie sortaient de la maison. Ils saluèrent, en franchissant le seuil, le closier qui montait en se balançant par le petit sentier de gauche. Louarn toucha le bord de velours de son chapeau, et, s'arrêtant pour laisser passer les hommes :
– Tu m'as parlé de dimanche en huit pour la vente ? dit-il à l'huissier. Mais c'est trop long. Veux-tu mettre dimanche prochain ?
– À la rigueur, c'est possible, répondit l'huissier, puisque vous consentez, et qu'il y a si peu de chose...
– D'ici à dimanche, reprit Louarn, elle aura eu bien des fois le temps de répondre.

Ce mot, qui ouvrait l'inconnu, fit se retourner les deux témoins en blouse, qui avaient pris les devants. Une minute, ils interrogèrent le visage rude de Louarn, et quelque chose dans leur physionomie indifférente parut se troubler. Ce fut très court. Leurs voix sonnèrent bientôt au bas de la pente, puis sur le chemin empierré, et elles riaient, d'une grosse joie commune.

La maison de Ros Grignon était déserte. Louarn fut presque satisfait de n'y pas rencontrer les enfants, ni Annette Domerc ; il constata que rien n'avait été changé de place, et, plus las que s'il avait travaillé à la moisson, il se jeta sur un tas de foin, au fond de l'étable. La vache dormait devant le râtelier vide ; les mouches sifflaient en tournoyant au-dessus d'elle, dans le rayon de la fenêtre basse ; une chaleur lourde et capiteuse s'amassait sous la charpente encombrée de branchages, de perches, de cages à poules hors d'usage, et faisait crépiter par moments des bouts d'écorce surchauffée. Louarn dormit plusieurs heures. Il s'éveilla en sentant se poser sur sa main une autre main plus petite. Étonné, il se redressa, sans savoir qui l'avait touché, d'Annette Domerc assise tout près de lui, ou de Noémi qu'elle tenait sur ses genoux. La servante avait l'air de jouer avec l'enfant.

– Que fais-tu là ? demanda le closier.

Elle se mit à rire, de ce rire faux qui inquiétait Louarn.

– Moi ? Je suis venue vous prévenir que la bouillie de blé noir était prête depuis plus d'une demi-heure, et comme vous dormiez si bien, j'ai attendu : il est sept heures passées.

– Tu pouvais rester dans la chambre et m'appeler, reprit Louarn en se levant.

Elle le suivit des yeux, sans bouger, et murmura, ses lèvres pâles remuant à peine :

– Et puis, j'avais de la peine à cause de vous, maître Louarn.

Il ne répondit pas, fut plus silencieux que de coutume, pendant le souper, et passa longtemps dehors, à errer dans la nuit. Quand il se coucha, tout le monde se reposait dans Ros Grignon. Les respirations douces des enfants se répondaient d'un lit à l'autre. Le closier les écouta, pendant des heures, ne pouvant trouver le sommeil entre ces rideaux à présent saisis et sur le point d'être vendus. Il s'étonna de ne pas entendre de même la respiration de la servante, et il lui sembla plusieurs fois que, dans le coin d'ombre où était le lit d'Annette Domerc, il y avait deux yeux ouverts, – deux yeux comme des points jaunes, – qui le regardaient.

Les trois jours qui suivirent, il parut à peine à Ros Grignon. Il ne mangeait plus qu'un peu de pain, qu'il coupait et avalait debout. Tout son temps se passait à longer les routes, surtout celle de Plœuc, par les champs, derrière les haies. Il guettait le passage du facteur, ou de la femme à demi hydropique qui portait les dépêches dans les villages et dans les fermes. Le facteur seul passait, ne se doutant pas de l'angoisse profonde avec laquelle ses mouvements étaient épiés. Regarderait-il de loin le chaume de Ros Grignon, comme quelqu'un qui doit s'arrêter bientôt et mesure les distances connues ? Soulèverait-il, avant d'arriver au tournant, le couvercle de cuir de son sac ? Tournerait-il entre les deux cormiers malingres qui marquaient l'entrée de la closerie ? Hélas ! il allait tête baissée, de son pas éternellement fatigué et soutenu ; il effleurait les deux cormiers comme il eût effleuré d'autres arbres ; il continuait sa route vers les heureux qui peut-être n'attendaient pas sa venue et ne l'en béniraient pas. Louarn, alors, se remettait à espérer qu'un inconnu, un messager de hasard, porteur d'une nouvelle et sachant la misère du closier, prendrait le sentier de la maison. Mais les carrioles trottaient sans ralentir, et les piétons poursuivaient leur chemin.

À mesure que s'écoulaient les jours, l'attitude d'Annette Domerc devenait plus hardie. La servante, aux rares moments où Louarn la rencontrait, lui adressait la première la parole, et, si ce n'eût été cette petite flamme toujours au fond de ses yeux, on eût dit qu'elle prenait sa part de l'inquiétude mortelle du closier. Elle le plaignait tout haut. Elle soupirait quand il rentrait à la nuit, si violemment agité qu'elle n'osait l'interroger encore. Il la trouvait prête à faire pour lui des courses lointaines, dans les fermes où l'on devait à Louarn un petit compte arriéré de journées de travail. Elle avait été jusqu'à lui répondre, – car il s'abaissait à l'écouter, maintenant qu'il perdait l'espérance, – des mots que jamais le maître de Ros Grignon n'eût tolérés autrefois. « Ah ! lui avait-elle dit, si j'étais à sa place, à elle, vous n'auriez manqué ni d'argent, ni de nouvelles ! » Et il avait laissé accuser sa femme par la servante.

Le samedi, dans la soirée, il devint certain que Donatienne ne secourrait point Ros Grignon. La journée finissait dans l'enchantement des étés bretons subitement rafraîchis par les brises de mer. Tout le ciel était d'or léger. La forêt remuait ses branches, les baignait dans les vagues de vent tiède qui relevaient les feuilles lasses. Des nuages, comme des couronnes de joie, passaient vite, sans faire d'ombre. Un souffle de vie puissant était sorti de l'abîme, et parcourait la terre. Louarn entra, les poings serrés, résolu à quelque chose de grave, car il avait ses yeux de colère, qu'Annette n'avait pas souvent vus.

Il avait fallu des mois d'inquiétude et trois jours d'agonie, pour l'amener à cette extrémité d'interroger la servante et de soumettre l'honneur de Donatienne au jugement d'une femme. Maintenant tout était perdu. Il voulait savoir.

– Viens ! dit-il.

Annette Domerc s'était préparée à cette rentrée du maître. Elle avait pris sa robe la plus propre, et sa coiffe de mousseline quadrillée, d'où s'échappaient les mèches jaunes de ses cheveux. Elle s'approcha de Louarn, qui s'était assis sur l'escabeau à gauche de la cheminée, à cette même place où, le dernier soir, il avait tenu longtemps Donatienne embrassée. Elle se mit debout près de lui, les mains allongées et jointes sur son tablier. Leurs regards se rencontrèrent, celui de l'homme très rude, celui de la fille de ferme chargé d'une pitié alanguie.

– Rien, dit-il ; elle n'a pas répondu. comprends-tu pourquoi ? le sais-tu ?

– Mon pauvre maître, dit-elle en éludant, tout sera vendu demain !

– Vendu, ça m'est égal, à présent ; mais elle, où est-elle ? que fait-elle ? Peut-être que tu l'as appris, toi qui causes ?

– L'avis des gens est qu'elle ne reviendra pas, maître Louarn. C'est aussi que vous pourriez trouver quelqu'un pour vous prêter ce qui vous manque. Tout le monde n'a pas le cœur aussi dur que votre femme. J'ai un oncle qui est riche. Ce soir, tout de suite, je lui demanderai l'argent, je reviendrai, vous resterez à Ros Grignon...

Elle déjoignit ses mains, en mit une sur l'épaule du grand Louarn, et ses yeux ajoutèrent le sens vrai à ces mots qu'elle dit en découvrant ses dents :

– Moi aussi, je resterais avec vous...

Il se leva tout d'une pièce. Cette fois il avait compris.

– Ah ! fille de rien, dit-il. Je te demande des nouvelles, je donnerais ma vie pour en avoir, et voilà ce que tu trouves à me répondre ! Tu ne sais rien, j'en étais sûr ! Va-t'en !

Elle s'était jetée en arrière.

– Vraiment, cria-t-elle en s'éloignant à reculons autour de la table, vraiment, c'est elle qui est une fille de rien ! Tout le monde le sait. L'enfant est mort ! Elle n'est plus nourrice ! Elle a changé de place...
La servante était devenue toute pâle et folle de rage.
– Ah ! vous voulez des nouvelles ! J'en ai. Elle loge au sixième, avec les valets de chambre et les cochers ; elle s'amuse ; elle gagne de l'argent pour elle seule...
– Va-t'en ! Annette Domerc, va-t'en !
L'homme, exaspéré, s'élança en avant pour la chasser.
Mais, en deux bonds, elle avait sauté dehors. Louarn entendit son éclat de rire aigu.
– Elle ne reviendra jamais ! cria-t-elle, jamais ! jamais !
Elle défia, une seconde encore, le closier qui ramassait des pierres pour les lui jeter comme à un chien, sauta par-dessus une touffe de genêts, se sauva par le sentier, et disparut au tournant de la route.
Les trois enfants, épeurés, s'étaient groupés dans un angle de la chambre, et pleuraient.
– Tenez-vous tranquilles, vous autres ! dit Louarn.
Il rentra précipitamment, détacha du mur le petit cadre en papier imitant l'écaillé qui renfermait la photographie de Donatienne, attira la porte, et descendit en courant. Dans la cour de la Hautière, la métairie la plus voisine de Ros Grignon, il aperçut une femme, la sœur de la fermière, qui poussait devant elle une couvée de jeunes poulets.
– Jeanne-Marie, dit-il par-dessus le mur, pour l'amour de Dieu, va garder mes enfants qui sont seuls ! Moi, je serai vendu demain, et il faut que je voyage cette nuit...
Pour l'avoir seulement regardé, elle sentit ses yeux pleins de larmes. Elle ne demanda rien, et dit oui. Lui, il repartit aussitôt. À quelques mètres de là, il se jeta dans la forêt. Il connaissait les tailles, il se guidait sur les vieux chênes dont la forme lui était familière, et, afin d'aller plus vite, traversait en plein bois.
L'ombre tombait du ciel encore doré. Le vent roulait par grandes ondes, présage de pluie prochaine, et s'éloignait ensuite

avec un bruit d'océan, seul voyageur avec Louarn dans la forêt déserte. Le closier avait rabattu son chapeau sur son front, et fonçait droit, devant lui.

Son idée, la seule qui lui fût venue en cette heure d'abandon, c'était de courir chez les parents de Donatienne, au Moulin-Haye. Il ne les avait vus qu'une fois depuis ses noces, et jamais, entre eux et lui, l'affection n'avait pu naître. Le père méprisait les terriens. La mère s'était montrée hostile au mariage d'une fille jolie comme Donatienne avec un pauvre comme Louarn. Mais, dans le malheur où Louarn était plongé, les moindres chances de secours prenaient des airs de salut. Il n'espérait d'eux ni argent ni nouvelles récentes. Mais une voix s'élevait dans le cœur du mari délaissé, et lui criait :

– Va vers eux ! Ils te diront que cette fille a menti. Ils trouveront des explications que les parents trouvent aisément, eux qui ont vu grandir les petits. Va vers eux !

Et Louarn allait. La forêt devenait toute noire. Des nuées énormes couvraient les étoiles à peine nées au-dessus des clairières. Parfois des bandes de corbeaux, surpris dans leur sommeil, s'envolaient et tournaient comme des fumées. Les premières gouttes de pluie semblèrent calmer le vent, mais la nuit s'épaissit encore. Au carrefour du Gourlay, d'où partent plus de dix routes, Louarn se trompa de chemin. Il buttait dans les talus d'ornières, dans les troncs d'arbres couchés au bord des coupes nouvelles. Souvent, dans les mouvements brusques de la marche, son coude heurtait le petit cadre de papier caché dans la poche de la veste. L'image de Donatienne, telle qu'elle était là, jeune, timide, les yeux brillants et doux sous la coiffe de Bretagne, passait dans l'esprit de Louarn, et, à chaque fois qu'il la revoyait ainsi en pensée, il songeait plus fortement : « Cela ne se peut pas ! Eux non plus, ils ne croiront pas le mal qu'on dit de toi, Donatienne ! » Alors la fatigue, la boue qui pesait aux semelles de ses bottes, la pluie qui lui cinglait le visage, pour une minute étaient oubliées, puis il recommençait à sentir que ses pieds traînaient et glissaient, que la terre était détrempée, et que l'eau dégouttait de sa veste. Une averse plus violente l'obligea à chercher un abri derrière une souche creuse, à la lisière de la forêt. Il erra, grelottant de froid, dans les landes et les petits champs bordés de haies d'ajoncs, entre Plaintel et Plédran. La première aube le trouva dans un chemin creux, près de la ferme de la Ville-Hervy, complètement égaré. L'homme, voyant que l'on commençait à discerner des formes sur le ciel, tâcha de découvrir un clocher, reconnut celui de Plédran, et, parmi les prés aussi gris que des toiles d'araignée, aperçut bientôt la luisance pâle du petit courant de l'Urne.

Les coqs chantaient lorsqu'il heurta à la porte d'une maison située sur une grève de vieille vase, un peu au-dessous de l'endroit où l'Urne passait rapide entre deux roches, et rencontrait un lit plus large creusé par les marées. Le père de Donatienne, après quarante ans de navigation, pêchait dans ces remous abondants en mulets et en lubines.

Louarn entendit, à l'intérieur de la maison, une voix qui demandait :
— Que voulez-vous à cette heure-ci ?
Puis quelqu'un tira la porte en s'effaçant derrière elle.
— C'est moi, dit le closier.
Personne ne répondit. Dans la chambre très basse et toute noire de fumée, la mère de Donatienne achevait de s'habiller près du lit, au fond, tandis que l'homme, silencieux de nature comme beaucoup de Bretons, s'était rassis devant le feu, pour achever d'appâter ses traînées à anguilles. Louarn s'approcha des brandons de bruyère mouillée qui se consumaient sans flamme. Une peur l'avait saisi, en entrant, d'apprendre le contraire de ce qu'il voulait à toute force qu'on lui dît. Il prit une chaise, et se plaça sous l'auvent, à côté du vieux marin qui baissait en mesure sa tête, poilue comme celle d'un bouc, prenait un ver dans une écuelle, et l'accrochait à l'un des hameçons de la ligne roulée sur ses genoux.
— J'ai marché toute la nuit, fit Louarn. Donnez-moi un morceau de pain.

La femme, achevant de rentrer les bouts de son fichu dans la ceinture de son tablier, apporta une tranche de pain, et considéra, défiante, le closier de Ros Grignon courbé vers le feu. Elle était chétive, avec des traits réguliers, et une peau toute flétrie.

– C'est donc pour l'argent que vous êtes venu ? demanda-t-elle.

Il répondit très doucement, en prenant le pain, mais sans la regarder :

– Non, je suis tourmenté à cause de Donatienne, qui n'écrit pas.

Espérait-il que l'un des deux parents dirait : « Mais elle nous a écrit, à nous ! »

Il s'arrêta un peu.

– Quand vous l'aviez près de vous, ajouta-t-il, est-ce qu'elle aimait à courir les pardons ?

– Oui, elle aimait ça, dit la vieille, et depuis qu'elle est mariée, elle a dû s'en priver, la pauvre.

– Est-ce que vous ne la trouviez pas obéissante à vos paroles ?

– Moi, je ne lui en disais guère pour la contrarier. Son père n'était jamais là.

– La croyez-vous capable de tout ce qu'on dit d'elle ? Car vous savez ce qu'ils disent de Donatienne ?

Louarn, dans le demi-jour qui commençait à éclairer la chambre, observait les yeux de la vieille femme, ces yeux noirs, qui ressemblaient à ceux de Donatienne quand elle disait non. Elle répondit, élevant la voix :

– Vous la connaissez mieux que nous, Jean Louarn ! Êtes-vous donc venu ici pour nous faire reproche de notre fille ?

– Non, dit Louarn, je ne veux point vous offenser.

– Alors, pourquoi parlez-vous d'avant votre mariage ?

– Parce que bien des idées viennent quand on est malheureux, mère Le Clech. Mais je ne cherche qu'une chose. Pourquoi m'abandonne-t-elle ?

– Si elle avait été heureuse avec vous, Jean Louarn, elle ne l'aurait pas fait !

– Moi qui l'étais tant avec elle ! Comment cela se peut-il ?

– Si vous l'aviez mieux nourrie !

- Mère Le Clech, j'ai travaillé si dur pour elle que mes mains ne sont qu'une plaie.
- Si vous l'aviez habillée comme au temps de sa jeunesse !
- Je l'ai vêtue comme je pouvais. Je l'ai aimée de toute mon âme.
- Si vous ne lui aviez pas donné trois enfants, vrais fils de misère, que vous ne pouvez pas élever ! Croyez-vous qu'elle ait envie de revenir ? Elle sait ce qui l'attend.
- Non, elle ne le sait pas ! fit Louarn en se levant, et en posant sur la table la tranche de pain qu'il avait à peine mordue. Le pain que vous donnez ici se paie trop cher : je n'en mangerai plus. Je quitterai le pays !

Le vieux Le Clech, qui avait continué d'appâter ses lignes, sans avoir l'air de prêter attention aux paroles échangées près de lui, secoua la tête à ce mot de départ, comme pour dire : « À quoi bon, pour un chagrin de femme, quitter le pays de Bretagne ? » Sa femme aussi était devenue toute pâle. Pour tous deux, la douleur qui prenait cette forme violente devenait digne d'une sorte de respect. Ils attendirent les mots de Louarn comme un oracle.

Jean Louarn regarda un moment le coin de la chambre où il se rappelait avoir vu le lit de Donatienne, autrefois, quand il arrivait, le dimanche, pour « causer » avec elle. Puis il dit :
- Avant qu'il soit cette heure-ci, demain, je serai parti de Ros Grignon. J'emmènerai Noémi, Lucienne et Joël. Et plus jamais vous ne nous reverrez !

Le rouleau de lignes tomba, et les plombs, rencontrant le sol, rendirent un petit son mort. Il y eut un silence. Tous trois semblaient se pénétrer de ce destin comme d'une chose inéluctable. Le Clech, qui n'avait point encore parlé, dit seulement, sans changer de place :
- Puisque tu ne reviendras pas, Louarn, tu pouvais au moins manger mon pain. C'était de bon cœur.
- J'aurais même du cidre nouveau, dit la voix calmée de la femme.

Mais Jean Louarn, sans rien répondre, enfonça son chapeau sur sa tête, et prit la porte.

Il laissait là des souvenirs d'amour jeune et partagé, et il ne se retourna pas. Le vieux, qui s'était avancé jusqu'à un pas au-delà du seuil, parut songer un peu à des choses profondes. Puis l'éclair de la vie reparut dans ses yeux roux : il venait d'entendre le clapotis de la marée sur les deux rives de l'Urne, et de sentir l'odeur des goémons, que le vent amenait, avec le flux, des grèves du Roselier, d'Yffiniac et des Guettes.

VI Le dernier dimanche au pays

Les cloches sonnaient dans l'air rasséréné, pâli par les pluies récentes. Les gens de Plœuc, massés par groupes autour des portes de l'église, causaient bruyamment au sortir de la grand-messe. Quelques filles de service, attendues par leurs maîtresses, des mères se hâtant pour relever de faction l'homme qui gardait les enfants, se répandaient déjà par les rues et les routes. C'était un bruit de sabots, de portes qui s'ouvraient, de voix traînantes, de rires furtifs, qui se fondaient et s'en allaient avec les volées de cloches. Louarn en eut peur. Il tourna autour des maisons, à l'orient, tout honteux de ses habits tachés de boue, de ses bottes couleur de terre, et de la pauvre mine lamentable qu'il se sentait. En se pressant, il put arriver, sans presque rencontrer personne, jusqu'à l'entrée de la route qui va de Plœuc à Moncontour. Là, il monta quatre marches qui coupaient un mur de jardin, longea un bout de charmille, et, sans frapper, pénétra dans la salle à manger de l'abbé Hourtier, un ancien recteur de la côte, taillé comme ces rochers auxquels on trouve des ressemblances d'homme, et retraité en la paroisse de Plœuc. L'abbé venait de chanter la messe, et se reposait, assis sur une chaise de paille, les coudes appuyés sur la table, en face de son couvert préparé pour midi. Le plein jour de la fenêtre eût aveuglé d'autres yeux que les siens, des yeux de pêcheur d'une clarté d'eau de mer, sous des paupières lasses de s'ouvrir.

Quand Louarn fut assis près de lui, on eût pu voir que ces deux hommes étaient de même taille, de même race, et presque de même âme.

Ils s'aimaient depuis longtemps, et se saluaient dans les chemins, sans se parler. L'abbé ne fut donc pas surpris que Louarn vînt lui confier sa peine. Il en avait tant écouté et tant consolé de ces malheurs, – deuils de maris ou de femmes, abandons, morts précoces d'enfants, disparitions d'équipages engloutis avec les navires, ruines de fortunes, ruines d'amitié, ruines d'amour, – qu'il en était resté, au fond de son regard clair, une nuance de compassion qui ne s'effaçait jamais, même devant les heureux. Jean Louarn sentit cette pitié du regard se poser sur lui, comme un baume.

– Jean, dit l'abbé, tu n'as pas besoin de raconter ;... ça remue le chagrin. Ne raconte rien, va ! Je sais tout.

– Moi, je ne sais pas tout, fit le closier, et je suis si malheureux ! Je souffre, tenez, comme Celui qui est là en croix !

D'un geste de la tête, il montrait le petit crucifix de plâtre, pendu près de la fenêtre, unique ornement de la salle toute blanche et toute nue.

M. Hourtier considéra l'image avec le même air de compassion grandissante, et dit :

– Ce n'est pas tout de Lui ressembler par la douleur, mon pauvre Louarn. Lui ressembles-tu par le pardon ?

– Je n'ose le dire. Qu'a-t-elle fait pour que je lui pardonne ?

– Que faisons-nous, nous-mêmes, mon ami ? Rien que d'être faibles et prompts au mal. Ah ! les pauvres filles de chez nous qui s'en vont à vingt ans nourrir les enfants des autres ! Ce n'est pas pour te faire de la peine que je te parle ainsi, Jean Louarn, mais j'ai toujours pensé qu'il n'y avait point de misère comparable à celle-là. Quand je vois des maisons comme la tienne, où le mari et les enfants sont seuls, en vérité, je te le dis, ma plus grande pitié est pour la femme qui est partie.

– Et nous ! dit Louarn.

– Vous autres, vous restez sur la terre de Bretagne, dans des maisons qui vous gardent, et vous avez encore quelqu'un à aimer près de vous. Tu avais Noémi, tu avais Lucienne, tu avais Joël, tu avais tes champs où poussait ton pain. Elle a été séparée de tout, en un moment, et jetée là-bas... Si tu semais une poignée de grains de blé noir dans ta lande, Jean Louarn, leur en voudrais-tu de dépérir ? Je suis sûr qu'elle a lutté, ta Donatienne, je suis sûr qu'elle a été entraînée parce qu'elle a manqué de ton appui, et que tout le mal de la vie était nouveau pour elle... Si elle revenait...

Le closier fit un grand effort pour répondre, et deux larmes, les premières, montèrent au bord de ses yeux.

– Non, dit-il, elle ne reviendrait pas pour moi. Je l'ai suppliée. Elle aime mieux me laisser vendre !

– Louarn, dit doucement l'abbé, c'est une mère aussi. Peut-être qu'un jour... Je lui écrirai... j'essayerai... Je te le promets.

– Dans ma peine, reprit Louarn, il m'est arrivé de penser qu'elle reviendrait à cause d'eux. Elle les a toujours aimés mieux que moi. Seulement, nous serons loin.

– Où vas-tu ?

L'homme étendit son bras vers la fenêtre.

– En Vendée, monsieur Hourtier. Il paraît qu'il y a du travail pour les pauvres, quand c'est le temps d'arracher les pommes de terre. Je vais en Vendée.

Le geste vague montrait tout l'horizon. Pour Louarn, et pour beaucoup de Bretons comme lui, la Vendée, c'était le reste de la France, le pays qui s'ouvre à l'est de la Bretagne.

– On ne saura pas où t'écrire, alors, si elle revient.

Un sourire triste, une sorte d'expression enfantine passa sur le visage douloureux du closier.

– Voilà, justement, fit Louarn. J'ai son portrait, que je n'ai pas voulu leur laisser. Je ne peux pas l'emporter non plus : il se casserait dans la route. J'ai songé que vous le garderiez, vous. Les lettres que vous recevrez d'elle, vous les mettriez derrière, jusqu'à ce que j'écrive. Si elle revient, elle trouvera au moins quelque chose de chez elle encore.

Il s'était approché de la cheminée. Il avait pris dans sa poche le petit cadre couleur d'écaille, et posé debout, sur la tablette, la photographie de sa femme au lendemain des noces.

Sa rude main, couturée de cicatrices, essaya de se glisser dans l'angle que le petit cadre formait avec le mur.

– C'est là que vous les mettrez, dit-il, derrière l'image.

L'abbé Hourtier était debout, aussi grand que Louarn et plus large d'épaules. Ces deux géants, durs à la peine, attendris l'un par l'autre, s'embrassèrent un moment, comme s'ils luttaient.

– Je te promets tout, dit gravement l'abbé.

Beaucoup de choses qu'ils n'avaient point dites avaient dû être comprises et convenues d'âme à âme. Ils n'échangèrent plus une parole, et se quittèrent dans le jardin, aussi impassibles de visage que s'ils eussent été deux passants de la vie, sans souvenirs et sans lien.

VII Le départ de l'homme

Le lendemain, dans le rayonnement pâle de l'aube, à l'heure où les premiers volets s'ouvrent au pépiement des moineaux, un homme traversait Plœuc pour prendre la route de Moncontour. C'était Louarn, dont les meubles avaient été vendus la veille. Il était parti de Ros Grignon avant même d'avoir pu regarder une dernière fois ses pommiers, sa lande et la forêt. Il emportait avec lui tout ce qui lui restait au monde. Noémi marchait à sa gauche avec un menu paquet noué au coude. Lui, il tirait une petite charrette de bois où étaient couchés, face à face, et endormis tous les deux, Lucienne et Joël. Entre eux était posé un panier noir qui avait appartenu à Donatienne. Par derrière, le manche d'une pelle dépassait le dossier de la voiture, et tressautait à tous les heurts du chemin.

Beaucoup des habitants du bourg n'étaient pas encore éveillés. Ceux qui se penchaient au-dessus des demi-portes basses ne riaient plus et se taisaient, parce que le malheur accompagnait et grandissait le pauvre closier.

Louarn ne se cachait plus. Il commençait à suivre la route inconnue, sans but, sans retour probable. Il devenait l'errant à qui personne ne s'attache, et pour qui personne ne répond. Mais la pitié des anciens témoins lui était maintenant acquise.

Quand il eut dépassé l'angle de la place où se trouvait la boulangerie, une femme sortit de la boutique, une femme toute jeune, qui s'approcha de la charrette sans rien dire, et plaça un gros pain entre les deux enfants. Louarn sentit peut-être qu'il en avait un peu plus lourd à tirer, mais il ne se retourna pas.

À cent mètres de là, sur le chemin qui sortait de Plœuc, une autre personne encore attendait le passage de Louarn. Celui-ci longea le mur du jardin, sans lever les yeux. Tant que l'on put entendre le pas régulier de l'homme et le grincement des roues de bois, la grande ombre qui se dessinait entre les murs de la charmille demeura immobile. Mais lorsque le groupe des voyageurs, diminué par la distance et à demi caché par les haies, fut tout près de disparaître, l'abbé Hourtier, songeant aux inconnus qui avaient perdu Donatienne, au monde lointain de petits ou de grands qui avaient fait le malheur de Louarn, leva le poing, comme pour maudire, vers le soleil qui rougeoyait dans les basses branches de ses lilas ;... puis il se souvint de ce qu'il avait dit la veille, et le geste de son bras s'acheva en une bénédiction pour ceux qui s'en allaient.

L'homme s'était effacé derrière les arbres. La joie des matins purs chantait sur le pays de Plœuc. La Bretagne n'avait qu'un pauvre de moins.

VIII Le voyage

Jean Louarn marchait depuis des heures, traînant après soi, dans la petite charrette de bois, ses deux derniers enfants couchés et endormis, et le panier noir de Donatienne, et la pelle, et le pain de six livres donné par pitié. Rien d'autre ne lui restait de chez lui, si ce n'est son chagrin, qu'il emportait aussi. Il s'en allait vers l'est, le corps penché en avant, muet, les yeux levés au-dessus des hommes qu'il rencontrait, et son masque mince, indifférent à la route, coupait la lumière et le vent comme la proue d'une barque, sans changer d'expression.

Il allait. Quelques travailleurs, dans les champs voisins de la route, compagnons de l'avoine mûre ou du premier labour, le voyant passer à la fine pointe du jour, s'étaient demandé :
– Qui est celui-là ?
– C'est Jean Louarn, tu sais bien, le pauvre qui a été saisi, puis vendu, à cause de la Donatienne.
– Oui, celle qui était nourrice à Paris. Elle n'a pas voulu revenir, ni lui envoyer d'argent. Je me rappelle. Où s'en va-t-il comme ça ?
– Du côté de la Vendée, m'est avis.
– Ça n'est pas toujours chanceux, la Vendée !
– Pas toujours, mais travaille, mon gars : il pourrait t'entendre.

C'était toute son histoire qu'ils racontaient ainsi.

Plus tard, au milieu d'un bourg, des femmes, sur le seuil des portes, avaient dit :
– Je suis sûr que c'est un homme de Plœuc ; à son costume, on le voit bien. Mais dire son nom, je ne saurais. Où mène-t-il ses enfants ?
– Chez des parents, peut-être. Car il n'y a point d'assemblée ni de pardon, aujourd'hui.

À présent, personne ne le connaissait plus. Il avait dépassé le cercle étroit où le nom de son village revenait souvent dans les discours. Il était déjà l'inconnu. On disait seulement, sur son passage :

– C'est de la misère.
Lui-même, il ignorait les gens et les lieux qui l'entouraient. Ce n'étaient plus les champs qu'il avait vus depuis sa jeunesse, les landes, les bois, les prés de la paroisse de Plœuc, ces prés bas, formés de deux versants d'herbe reliés par un ruisseau, et à peine ouverts, comme les feuillets d'un livre abandonné. C'étaient d'autres prairies semblables, d'autres bois, d'autres bandes de blé noir où l'ombre des pommiers faisait des îles rondes. Il avait souhaité se trouver parmi ces choses nouvelles, dont aucune n'aurait été témoin, dont aucune ne parlerait. Maintenant qu'il était enveloppé par elles, il ne les regardait point. Son esprit restait en arrière : elles ne changeaient pas encore sa peine.

Il allait. Sa veste courte, son grand chapeau bordé de velours noir se balançaient en mesure. Sa main tirait la charrette. De toute la matinée, il ne s'était arrêté qu'une fois, pour faire renouveler la provision de lait que Joël avait bue. La chaleur était grande. Toutes les bêtes de l'été chantaient midi.

Une voix appela :

– J'ai faim, papa, j'ai faim !

Avait-il oublié ceux qu'il emmenait dans son exil ? Il s'arrêta, comme étonné, et considéra, sans bien comprendre d'abord, l'aînée de ses enfants qui le suivait à pied, près de l'essieu de gauche de la petite charrette, l'essieu qui criait à chaque tour. Elle avait marché jusqu'à n'en plus pouvoir. Elle pliait à demi l'une de ses jambes, que la fatigue avait sans doute rendue douloureuse, et se tenait debout sur un seul pied, comme un oiseau au repos. Ses yeux étaient tout pleins de l'anxiété de cette route inaccoutumée, des questions qu'elle s'était posées, et tout humides encore des larmes que Louarn n'avait pas entendues. Un bonnet rond, en étoffe noire étoilée d'une demi-douzaine de paillettes dorées, comme en portent beaucoup d'enfants de Bretagne, serrait la tête de la petite, et ne laissait voir qu'une mince bordure de cheveux châtain clair, qui bruniraient vers la douzième année. Noémi, en ce moment, avait le regard triste qui supprime l'enfance dans le visage de

l'enfant, le jette en pleine vie, et fait penser : « Voilà comme il sera, un jour. »
— J'ai faim, reprit-elle. Est-ce que c'est encore bien loin, où nous allons ?
Le père, qui s'était baissé et accroupi sur ses talons, pour caresser le visage de Noémi, hocha la tête, et répondit.
— Oh ! oui, ma petite, encore bien loin ! Il ne savait point au juste où il allait. Mais il sentait que ce serait loin, car il fuyait le souvenir de sa joie et de sa peine. Il cherchait la paix qui ne voulait plus de lui. Et quand il observa que la figure de Noémi se creusait d'émotion, et avouait : « Je ne pourrai pas aller si loin avec vous », il eut regret d'avoir parlé de la sorte.
— Nous n'irons pas tout d'un coup, reprit-il. Nous nous reposerons... Tiens, reposons-nous : voici le temps de manger notre pain.

À quelques pas de là, sur la droite, s'ouvrait un chemin aussi large que la route, mais bordé de hêtres qui croisaient leurs branches au-dessus d'une chaussée déserte, tour à tour herbue et moussue. Où menait-elle ? Avenue de château, de ferme ou de ruines ? Elle descendait en tournant, et l'on pouvait suivre sa double houle de haute futaie, qui s'enfonçait parmi les champs, et bleuissait avec eux. Louarn n'osa pas pénétrer bien loin. Il attira la petite charrette dans l'ombre d'un des premiers troncs d'arbres, mit par terre Lucienne, et prit le pain de six livres.
— Faisons le rond ! dit-il.
Il se coucha. Il avait faim, et il s'en aperçut au plaisir qu'il eut à manger cette mie fondante du pain de Plœuc. Avec son couteau, dont la lame était amincie et cintrée par l'usage, il coupait de grosses bouchées pour lui, et de plus petites pour Lucienne et pour Noémi, qui se tenaient l'une debout, l'autre assise, en face de lui, et auxquelles il donnait la becquée, avec un mot d'amitié parfois, ou un appel des lèvres qui sifflaient, lorsque la tête brune de Noémi ou la tête blonde de Lucienne se tournaient d'un autre côté. C'était si petit, cette Noémi, que, pour se faire comprendre, il devait prendre un ton enjoué et inventer des choses qui lui coûtaient à dire. Déjà elle ne montrait que trop de dispositions à deviner le malheur et à en

parler. Louarn, en lui répondant, pensait toujours : « Il ne faut pas lui laisser croire qu'elle n'a plus de mère. » Et il mentait si douloureusement, si gauchement, qu'elle revenait sans cesse aux mêmes questions.

Joël se mit à crier dans la charrette, et le père se dit : « Comment garderai-je celui-ci avec moi, pendant le voyage ? » Il leva le nourrisson et le secoua, à bout de bras, en le promenant. Cela réussit, et dans la lourde chaleur d'août, bientôt, au bord de la haie d'ajoncs, près de la grande route, les trois enfants et le père dormaient sous le vol croisé des mouches.

Midi et demi, une heure, une heure et demie...

Louarn fut réveillé en sursaut par une forte voix qui demandait :

– Qui êtes-vous, l'homme ?

Et une main gantée, mais nourrie et puissante, le saisissait en même temps au collet.

– Allons, réveillez-vous ! Est-ce que vous êtes des environs ?

– Non, monsieur, dit vivement Louarn.

– D'où donc ?

– Je ne veux pas vous le dire.

– Vous ne voulez pas ?

– Non.

Les deux hommes se regardèrent, l'un qui était demeuré assis, l'autre qui avait cessé de le secouer et qui se redressait. Ce dernier venait de descendre d'une voiture basse attelée d'un poney. Il avait la figure ronde, des yeux de commandement, bleus et fauves, et le teint vif. Rien qu'à voir la liberté de ses mouvements, l'aisance de sa main quand il aida Noémi à se lever, on eût pu assurer qu'il était riche. Il portait des bas de laine à carreaux, une culotte ample pour son ample personne, une veste de laine assortie et un chapeau de paille. Louarn crut d'abord que ce riche lui reprochait d'être couché dans une avenue non publique, et de déparer le paysage, avec ses trois enfants pauvrement vêtus et sa pauvre charrette de bois. C'est pour cela qu'il résistait, par indépendance et mauvaise humeur de Breton. Mais il s'aperçut vite qu'il se trompait. Le riche devait être du pays et connaître cette sorte de fierté. Il fit une moue de pitié presque tendre, en dénombrant les quelques objets qui formaient le bagage de Louarn, et dit aussitôt, de la même voix rude qu'au début :

— Ça m'est égal que vous ne me disiez pas qui vous êtes ; vous pouvez garder vos secrets : je vous aiderai bien sans les connaître. Dites-moi seulement si vous demandez du travail.

Leurs regards allèrent ensemble vers le manche de la pelle, qui dépassait le dossier de la petite charrette de Louarn.

— Je commence le voyage, dit celui-ci. Je ne me suis encore loué nulle part. Mais si vous avez un chantier ?...

— J'en ai un. Descendez l'avenue. Vous direz au chef de travail que je vous ai embauché.

Il fit trois pas pour regagner sa voiture, et se retourna.

— Vous direz aussi à la femme de mon fermier de s'occuper de ces mioches-là, et de vous ouvrir la grange.

Il interrogea, un long moment, les yeux gris bleutés, si tristes, de Jean Louarn ; puis il eut un haussement d'épaules :

— Tenez, vous direz que je vous connais !

C'était vrai. Il avait reconnu la souffrance qui n'attend rien des hommes.

L'instant d'après, Louarn se trouvait seul, debout dans la hêtrée descendante. Il étala, sur la paume de sa main, son argent qu'il avait serré dans une vieille blague à tabac, et compta quatre francs quarante centimes.

— Ça n'est guère, murmura-t-il. Il vaut mieux, en effet, que je travaille tout de suite puisqu'on peut gagner sa vie ici.

Il ne se sentait aucune envie de travailler, et le besoin seul l'y conduisait. Il soupira, en songeant avec quelle hâte il se levait, l'hiver dernier, pour défricher la lande, et faire plus doux, plus riche, et plus joyeux, le retour de celle qui n'était pas revenue.

Et, après un moment, il éprouva l'irrésistible désir de communiquer sa résolution, de la faire approuver, d'être deux comme autrefois en toute occasion, et, n'ayant près de lui que Noémi qui pût le comprendre, il se courba au-dessus de l'enfant, qui creusait la mousse du talus pour faire une grotte.

– Petite Noémi, dit-il, sais-tu ce que je vais faire ?

Toute une jeunesse confiante, un peu de tendresse, un peu d'amour-propre flatté lui sourirent, et cela faisait une clarté qui lui entrait dans l'âme, comme quand Donatienne souriait.

– Je vais m'arrêter plusieurs jours ici ; tu pourras jouer et te reposer. Veux-tu ?

Les cils, qui étaient longs sur les yeux bruns, les cils s'abaissèrent, et répondirent :

– Oui, je veux bien.

– Il y aura pour toi une maison. Moi, je travaillerai... Il faut bien que je continue de travailler, n'est-ce pas ?

– Oh ! oui...

Elle ne savait pas exactement le sens de la question ni de la réponse. Cela dépassait l'intelligence de ses six ans. Mais aussitôt, son sourire disparut. Les joues épanouies s'allongèrent. Il ne resta que deux yeux grands ouverts, où venait de se fixer une idée précise et une attente.

– Et après, demanda-t-elle, est-ce qu'on ira revenir à Ros Grignon ?

– Non, ma chérie.

Le petit visage s'assombrit.

– Alors, c'est qu'on ira retrouver maman où elle est ?

– Peut-être.

– À Paris ?

Il se détourna pour répondre :

– Plus tard, je ne dis pas non... Plus tard, ma mignonne.

Louarn pensait : « Comme elle raisonne déjà ! Il faudra faire attention, avec elle ! Ça souffre presque comme une grande ! »

– Allons, mes petits, fit-il tout haut, levez-vous ! Tenez en bas ! Il faut vivre !

Ils descendirent donc entre les hêtres jadis plantés pour le passage des compagnies d'hommes d'armes ; ils s'éloignèrent, chétifs sous les massues croisées des branches, et le grincement de la voiture se confondit avec le cri des grillons.

C'était l'un de ces jours chauds et sans vent que l'Océan accorde aux terres bretonnes, pour commencer de mûrir les blés noirs et les pommes. Avant qu'il fût terminé, avant le coucher du soleil, qui est long à venir en août, Louarn s'était mis au travail et faisait, aussi bien que ses compagnons, la besogne commandée. Elle était simple. Il avait chaussé les sabots que l'huissier, vendeur des meubles de Ros Grignon, lui avait permis d'emporter, et debout, parmi d'autres hommes, une cinquantaine, manœuvres comme lui, chemineaux comme lui, il curait un étang que la chaleur prolongée de l'été avait desséché. On attaquait l'étang par le travers. La bande se démenait dans un espace encore étroit, situé au milieu d'une cuvette de boue de plusieurs hectares, molle et coulante par endroits, durcie ailleurs et craquelée, couverte de racines, de bois mort, de feuilles du dernier automne, d'écumes visqueuses, de moules d'eau douce, et rayée par la marche des vers, qui cherchaient à gagner le centre encore humide, et traçaient leurs chemins sur la surface pâteuse. Chacun des travailleurs avait une brouette, chacun piétinait dans la même mare, et entamait devant soi, à coups de pelle, le talus de vase, haut de deux pieds, puis, ayant rempli la brouette, la roulait et allait la vider sur la berge. Il y avait là des gens de tous les âges, de toutes les provinces, de tous les accoutrements et de tous les types, des loups, des renards, des chiens, des porcs, des chats-tigres, et, dans les yeux de presque tous, on lisait le même avertissement : « Garde-toi de moi ! » Ils bêchaient ou se reposaient à leur guise, sans même répondre aux observations de l'entrepreneur, un grand, vêtu d'une blouse, et qui ressemblait à un boucher boursouflé de graisse ; ils se connaissaient déjà, bien qu'embauchés de la veille et venus de tous les points de l'horizon ; ils s'appelaient ; ils juraient contre les tiges de nénuphars, grosses comme des câbles, qu'il leur fallait arracher, ils juraient contre l'odeur, contre le maître, contre le soleil ; et parfois, ayant étourdi d'un coup de manche de pelle une anguille envasée, ils la lançaient sur le pré voisin, avec des rires. Plusieurs quittaient l'ouvrage, sans dire pourquoi, et partaient. Les vrais miséreux poussaient le travail, et gagnaient la paye pour les autres.

Jean Louarn était de ceux-là. Il était arrivé, de son allure lente, la pelle sur l'épaule, regardant, avec la même indifférence, l'étang où il allait descendre et les compagnons qui l'y avaient précédé. Après avoir échangé trois mots avec le chef d'équipe, il avait pris sa brouette et pénétré dans le bourbier. Depuis lors, il entamait et soulevait la vase, d'un mouvement sûr et régulier, comme celui d'une machine, et le talus s'ouvrait devant lui en coin profond. Que lui importait déposer cette besogne, plutôt que de scier la moisson, ou de casser les mottes d'un guéret, à présent qu'aucun travail n'avait plus d'attrait pour lui, étant fait hors de chez lui et pour le pain qu'on mange seul ? Personne du moins ne lui avait demandé son nom. Personne ne lui adressait la parole. Il songeait dans le bruit comme tout à l'heure sur les chemins. Une chose même le réconfortait un peu : les enfants avaient été reçus, à la ferme, par une vieille femme qui avait recommandé à une toute jeune : « C'est des petits pauvres, Anna ; il faut en avoir soin, autant que des nôtres ; tu leur feras la bouillie ; tu donneras un lit pour les deux filles, et tu mettras près de toi le nourrisson, dans la barcelonnette, car c'est grand-pitié, les enfants qui n'ont plus de mère. » Louarn avait dit, en effet, ne pouvant avouer la vérité, qu'ils étaient orphelins. Et il revoyait, en travaillant, cette belle fille de ferme qui emportait déjà Joël maternellement, avec un oubli joyeux de la peine qu'elle aurait. Les petits seraient heureux, bien sûr ! Le père ne regrettait donc point d'avoir accepté cette offre de travail, au début du voyage.

Il ne s'interrompait guère. Cependant, quand il levait la tête, il éprouvait un étonnement vague de ne pas se trouver tout à fait hors du pays qui lui était familier. Au-delà des roseaux qui enveloppaient l'étang de leur bague fanée, le sol se relevait un peu, des prés montaient de tous côtés, mêlés de landes, de buissons, de lèpres pâles ou brunes, larges espaces que parcouraient les moutons et le vent, et que barraient au loin les avenues de hêtres, comme des falaises de roches rondes. Derrière l'une d'elles, le château et la ferme, bâtis du même granit, anciens tous deux et soudés l'un à l'autre, s'abritaient. Dans ce paysage, qui ressemblait à une baie abandonnée par la mer et dont il aurait creusé le fond, Louarn avait le sentiment de ne point être un étranger. Ce n'était plus, sans doute, la figure des choses qu'il avait laissées là-bas ; mais c'était leur même manière de prendre le cœur, et, au-dessus d'elles, le même souffle régulier qui s'éveille et s'éteint avec la marée. Oui, il y avait encore autour de lui quelque reste de chez lui. Et Louarn crut d'abord que cela l'aiderait à vivre.

Mais le premier soir tomba. Il tomba, rapide et lamentable. Des vapeurs se levèrent à sa rencontre, de l'étang et des terres voisines. Et, la lumière disparaissant, ce lieu devint si sauvage et d'un tel dénuement que Louarn en fut saisi. Appuyé sur sa pelle, il regardait la lueur rouge étendue au-dessus des hêtres, et qui lentement descendait derrière leurs troncs de fumée. De ce côté, vers le couchant, était aussi son chagrin. Il y avait là, quelque part dans la nuit, une petite ferme portée sur un tertre, et qu'un autre ménage habitait maintenant. Un autre ! Ô pauvre Louarn ! Comme cela est près de toi ! Une enfant a pu faire la route. L'odeur de ton blé noir pourrait venir jusqu'à toi. Ils le moissonneront, ces étrangers ! Ils sont où tu étais. Ils vont dormir où tu as dormi. Regarde ! N'est-ce pas la forêt de Plœuc, en avant ? N'est-ce pas la lande ? N'est-ce pas l'heure où la porte s'ouvrait au tâcheron las du jour, et te laissait voir, d'un seul coup, les murs, le feu, la femme aimée, les berceaux, toute la vie ? Pauvre Louarn ! Les baisers d'autrefois saignent comme des blessures, la peur du lendemain descend avec les ténèbres, la force du pardon s'épuise avec le jour...

« Faudra pas que je reste longtemps ici, pensa Louarn ; ça me rappelle trop la maison ! »

– T'as donc un chagrin, toi, le Breton ? dit une voix.

Lentement, Louarn tourna la tête, et, sur le bord de l'herbe, il aperçut un ouvrier à face camuse, qu'on appelait le Boulonnais, et qui remettait la veste de toile bleue quittée pour le travail.

– À quoi vois-tu que j'ai du chagrin ? demanda-t-il.

– Tu restes là, les camarades sont partis ! Empoté, va !

Le Breton reçut l'injure avec un haussement d'épaules, tandis que l'homme s'éloignait, prestement, les deux mains dans les poches de son pantalon dont elles élargissaient la partie supérieure, comme un jupon. En effet, ces ombres en marche, par groupes, dans des directions qui s'écartaient de plus en plus, c'étaient les compagnons de travail. Le dernier de tous, Louarn sortit de l'étang, et, avec une poignée d'herbes, essuya ses mains et ses sabots. Il allait retrouver ses enfants à la ferme, et dormir dans la paille de l'étable.

Sept jours s'écoulèrent de la sorte. Le huitième, il faisait une brume chaude qui tuait les feuilles et énervait les hommes.

Déjà, la veille et l'avant-veille, le Boulonnais avait recommencé à se moquer de Jean Louarn, qui refusait de se joindre aux autres pour le repas de midi, et qui mangeait seul, à l'écart, et qui ne riait jamais. Il vit Louarn plus renfrogné, plus taciturne que les jours précédents, et, n'ayant pu l'émouvoir, du moins jusqu'à l'irriter, il se mit à inventer, car il ne savait rien de précis relativement à ce coureur de route, qui ne parlait pas.

– Les camarades, dit-il, voilà la besogne à moitié faite. Joli débarras ! Pour moi, je ne regretterai pas le chantier, ni mon voisin de mare... Il a dû tuer quelqu'un, ce Breton, pour être d'humeur si noire ; à moins que sa femme...

– Tais-toi ! dit Louarn à voix basse.

Mais l'autre, excité d'autant plus qu'il voyait Louarn s'émouvoir enfin, continua :

– À moins que sa femme ne l'ait lâché !

– Elle est morte ! cria Louarn.

– Tu ne le dirais pas si haut ni si furieusement, si c'était vrai ! répliqua l'autre. Regardez tous...

Le Boulonnais n'eut pas le temps d'en dire davantage. Louarn, jetant sa pelle, avait relevé la ceinture de cuir qui tenait son pantalon, frappé deux fois dans ses mains, en signe d'attaque, et de ses bras étendus, de son buste qui avait grandi tout à coup, il dominait l'ouvrier qui s'était mis en garde, ramassé sur lui-même, les poings contre la poitrine, et les yeux devenus fous de colère. Une clameur s'éleva, des cris, des bravos, une haine :

— Tue le Breton, Boulon, tue !

Un grand silence suivit. Dans le cirque aux remparts de vase, cinquante hommes guettaient un mauvais coup. Ils n'attendirent qu'une seconde. Le Boulonnais fondit sur Louarn, la tête en avant, pour le frapper au ventre. D'un mouvement de côté, Louarn évita le choc ; ses reins plièrent et s'abattirent ; il saisit l'ennemi au passage par le milieu du corps, l'enleva, le souleva de ses poignets crispés, le fit sauter par-dessus son épaule, et, le balançant à bout de bras, trois fois, – il y eut trois cris, – le lança dans la vase, où le chemineau s'abîma, la figure contre terre, à cinq mètres du bord. Louarn se retourna aussitôt vers les témoins, dont plusieurs accouraient, levant leur pelle, ou tirant leur couteau.

— À qui le tour ? dit-il.

— À moi ! dirent quelques voix.

Mais personne ne se risqua jusqu'auprès du Breton, qui secouait ses doigts tachés de vase, et haletant, tous les muscles de son corps tendus et prêts à recommencer, attendait un nouvel adversaire.

Quand il vit que personne ne se présentait et n'osait affronter ses bras, il ramassa sa pelle, et traversa le cercle qui s'ouvrit devant lui.

— Où vas-tu, le Breton ? demanda le contremaître, que la lutte avait intéressé comme un spectacle, et qui ressaisissait à présent l'autorité, où vas-tu ? Tends la main à ton camarade le Boulonnais, et que tout le monde se remette au travail !

Il avait un peu peur de ses hommes, comme les vaqueros qui observent de loin les taureaux de combat. Mais Louarn continua sa route, balançant sa pelle sur son épaule, et remonta vers la ferme, qu'on devinait à peine, à une ombre plus forte derrière les lignes d'arbres.

— Je veux reprendre mon voyage, murmurait-il, je veux qu'on ne me parle point d'elle. Ah ! comme elle me poursuit encore ! Comme ils ont deviné ma peine ! Je veux m'en aller plus loin !

Quand il eut dit sa volonté, et que tout fut prêt dans la cour de la ferme, près de la porte dont le cintre de granit était verdi par la moisissure des hivers ; quand Lucienne et Joël eurent été recouchés dans la charrette à bras, Louarn, au moment de lever son chapeau et de dire adieu, aperçut, dans l'ombre de la salle, la grande belle fille qui pleurait. Elle contemplait si tendrement les petits ; elle avait dû si bien gagner les signes d'adieu que lui faisaient Lucienne et Noémi ; elle aurait tant aimé que l'autre parlât et répondît, ce Joël qu'elle avait bercé, emmailloté, promené, que Louarn ne put s'empêcher d'avoir un sentiment confus de regret et presque de tendresse. Il pensa : « Celle-ci n'aurait pas pu les quitter, si elle avait été leur mère. » Mais aussitôt il trouva que cette pensée n'était pas bonne, et, disant adieu à la vieille fermière qui était la plus proche du seuil, il tira sur le brin de noisetier qui servait de poignée au timon de la charrette, et, à travers la cour assourdie par le fumier, on entendit s'éloigner un pas lourd, un autre tout léger, et le grincement de la roue en voyage.

Le soir, Louarn coucha dans une autre ferme, moins hospitalière que celle qu'il venait de quitter. On lui reprocha l'heure tardive où il se présentait ; on le fit attendre. Mais on ne le repoussa pas. Il y avait de la peur, dans la permission que lui accordaient les paysans de coucher dans la paille, peur des vengeances, du feu, des mauvais coups ; mais il y avait aussi de la pitié sainte, un reste de cette divine charité qui ouvre encore tant de portes, à la brune, dans les campagnes de France. Le lendemain, et toute la semaine suivante, il trouva un gîte. Il marchait vers le levant, ne disant à personne ni sa route, ni surtout la raison de ce voyage. Il disait : « Je vas en Vendée pour les pommes de terre. » Et cela suffisait aux simples qui l'interrogeaient. La Vendée, c'est-à-dire le pays français, large ouvert au soleil, a toujours été regardé comme le pays d'abondance par ceux de la presqu'île.

Le temps se maintenait à peu près beau. Louarn voyageait deux ou trois jours, puis s'arrêtait dans quelque ferme pour gagner son pain. Le ronflement des machines à battre s'élevait toujours ici ou là, dans le matin, et il suffisait de se présenter et de dire : « Voulez-vous de moi ? » pour être accepté parmi les bandes d'hommes et de femmes, nombreux comme des convives de noces, qui enveloppent la machine et la servent. Partout, et malgré la grande fatigue des ménagères qui doivent faire le dîner pour tant de monde, on recevait les enfants, et quelqu'un se trouvait plus ou moins vite, plus ou moins volontiers, pour cuire la bouillie et laver le pauvre linge du nourrisson. Les hommes, presque toujours, voyant la petite charrette, disaient non. Les femmes disaient oui, et laissaient entrer et s'arrêter la charrette, à l'abri des meules qui tremblaient au voisinage des courroies et des roues de la batteuse. Mais quand Louarn quittait la ferme, elles ne manquaient pas de l'avertir et de prédire, en voyant Joël :

– Vous le ferez mourir, mon pauvre homme ! Quand le mauvais temps va venir, vous verrez ce qui arrivera ! On ne fait pas son tour de France avec un nourrisson !

Il ne répondait pas.

Cependant, si lente que fût la marche des enfants, il faisait du chemin. Louarn évitait le plus possible les bourgs, qu'il redoutait par timidité, parce qu'il était peu habile en paroles, et aussi par peur de la police, car il sentait peser sur lui la suspicion dont le sédentaire enveloppe les errants. Il s'écartait parce que, à l'entrée des villages, un écriteau portait : « La mendicité est interdite », et, bien qu'il ne mendiât pas, il savait qu'on ne lui tiendrait pas compte de cette bonne volonté qu'il avait de travailler, et qu'il était le chemineau, l'être vague, de la grande association misère, rôderie, volerie et compagnie, dont les associés ont une réputation séculaire, fondée et invariable. Il était d'autant plus suspect qu'il devenait de plus en plus étranger au pays.

Bientôt, en effet, la veste soutachée de velours noir, le grand chapeau, le pantalon de droguet bleu, large et élimé, parurent une chose curieuse, et indiquèrent que la race ne se reconnaissait plus dans ce costume ancien. Le grain de la terre changeait. Les guérets, tout gras d'argile, n'avaient plus cette apparence de poudre violette, ou de poudre blonde, ou de sel en poussière, qu'ont les guérets de Bretagne ; la terre n'était plus terre à fleurs, mais terre à légumes ; les vaines pâtures, les avenues qui ne mènent à rien, le terrain vide d'où le maître est toujours absent, diminuaient de nombre ; et il y avait moins de traces du passage du vent, et moins d'ormes tordus, et plus de chênes bien droits. Mais surtout les collines n'étaient plus faites de même. Elles ne montraient point leurs rochers ; elles ne pressaient pas leurs ruisseaux ; elles ne souffraient pas du nord-ouest ; elles portaient des moissons qui ne versaient pas. Plus de blés noirs, ou beaucoup moins ; les ajoncs diminuaient ; la bruyère se faisait rare ; l'odeur de menthe grandissait ; l'air salin, l'air qui met de l'aventure au cœur des hommes, ne soufflait plus ; et le vent passait inégal, et la marée qu'il monte était rompue, et la chanson qu'il chante allait en miettes.

Louarn savait bien que ces jours étaient pour lui des jours d'adieu, et il faisait moins de route, et regardait davantage autour de lui, comme s'il cherchait partout des yeux d'amis qui s'en allaient.

Dans l'un de ces lents voyages, il fut surpris par la pluie. Elle commençait violemment. Il chercha l'abri d'un talus, et, contre la levée de terre d'un fossé, au bord d'un chemin vert, il rangea la charrette et les deux petits qu'elle portait. Une souche creuse ouvrait au-dessus son écorce fendue et morte, que doublaient des veines de bois vif. Noémi se blottit au plus près, la tête dans les épines. Louarn, un peu de côté, à moitié hors de l'abri, courba le dos et regarda l'herbe, en attendant la fin de l'averse. Mais la violence de l'orage redoubla ; le vent battit la place, et la rendit intenable. Le fossé s'emplissait d'eau ; les feuilles mouillées ne protégeaient plus ; les vêtements traversés collaient aux épaules. Louarn s'aperçut que Joël était glacé ; il quitta sa veste, et la jeta sur les enfants. Hélas ! le froid de l'air augmenta et aussi le frisson des mains qui soulevaient l'étoffe. Après une heure, ayant saisi le bras de Joël qui pendait, hors de la caisse de bois, le père reconnut que le dernier de ses enfants était pris de fièvre. Alors, laissant sa veste, comme une couverture, protéger les plus jeunes qu'elle cachait presque entièrement, il tira la voiture hors du fossé, et remonta le chemin vers la grande route. Contrairement à son habitude, il voulait atteindre le village prochain et y demander secours, car il s'affolait plus vite qu'une mère, lui qui ne savait pas. Noémi trottait dans la boue, son jupon relevé par-dessus la tête. La pluie tombait si drue qu'ils ne voyaient pas au-delà des deux haies de droite et de gauche. Louarn n'avait qu'une pensée : « Pourvu que je trouve du secours pour mon petit ! »

Il ignorait le nom du bourg qu'il allait rencontrer.

Heureusement, après trois quarts d'heure de marche, Noémi et le père virent se lever, aux deux bords de la route, des toits criblés par l'averse et entourés d'un halo par le rebondissement des gouttes d'eau.

– Enfin, dit Louarn, tu vas te chauffer, ma pauvre Noémi, et je vais trouver un lit pour ton frère qui a la fièvre !

Il courait presque, gêné par son pantalon qui ne glissait plus sur les genoux. Derrière les vitres, deux femmes qui observaient le ruisseau plein, et le ciel où le vent, le soleil et les nuages se livraient bataille, quand elles eurent aperçu Louarn et le mouvement qu'il faisait pour obliquer vers elles laissèrent retomber le rideau. La flèche de la petite voiture deux fois s'inclina de leur côté, et deux fois reprit le milieu de la route. Une troisième femme se tenait sur le seuil de sa porte, et rejetait, avec un balai, l'eau qui était entrée dans sa maison. Elle comprit, entre deux coups de balai, le danger de charité qui s'approchait. Elle prit les devants.

– Passez, dit-elle, je ne peux rien vous donner.

Louarn, dont les dents claquaient, commença :

– C'est mon petit...

– Moi aussi, j'en ai des petits ! cria la ménagère... Allez plus loin !

Il y avait plus loin un menuisier, qui ne s'était pas interrompu de raboter, et dont le buste se couchait et se redressait en mesure, dans l'encadrement d'une devanture cintrée, ouverte à trois pieds du sol. Quand le pauvre s'arrêta au milieu de la route, n'osant faire l'inutile distance qui le séparait de l'ouvrier, celui-ci eut un regard de côté et une expression de bonne humeur, qui signifiait seulement qu'il était content d'être au sec, les pieds dans les copeaux, et d'avoir du travail toute l'année. Il ne voulait pas offenser, assurément, ce maigre coureur de chemin, tout hagard et tout pâle, qui demanda :

- Quelqu'un peut-il me recevoir, ici ?
- La mendicité est interdite dans la commune, mon ami, fit l'ouvrier.

Il avait une figure d'ancien soldat devenu rentier, ronde à barbiche longue, fond rose avec des coups de pinceaux blancs, comme une porcelaine décorée.
- Je ne demande pas la charité, reprit Louarn. J'ai un enfant qui est malade.

Une voix, partie de l'arrière-boutique obscure, insinua :
- C'est peut-être contagieux ?... Fais donc attention, Alexandre, on ne sait pas à qui on a affaire.
- Tais-toi, la marraine ! fit le menuisier.

Il se tourna complètement du côté de Louarn, qui s'était penché au-dessus de la petite voiture et, de ses mains mouillées, sur lesquelles retombait la chemise en cassures raidies, soulevait la veste qu'il avait jetée sur Joël et sur Lucienne. Il pleuvait toujours. Dans le demi-jour de l'abri, le visage de Lucienne se releva, vif et rieur, et celui de Joël demeura inerte, jaune comme la cire.
- Regardez plutôt ! dit Louarn.

L'ouvrier fit une moue expressive ; il avait vu mourir des nourrissons.
- Il y a dans le bourg deux médecins, dit-il, essayez : un qui est vieux, pas mauvais homme, un peu réac...
- Ils ne voudront pas me le prendre, et ce n'est pas ce qu'il me faut, répondit Louarn. Je voudrais quelqu'un qui le coucherait dans un lit ?
- Je ne connais pas.
- Ou un hôpital ?
- Il y en a bien un, mon ami, mais seulement pour les gens d'ici. S'il fallait prendre tout le monde, à présent, tout ce qui passe dans la route, vous comprenez !...

Louarn laissa retomber le vêtement sur ses enfants, et, tendant le poing, sous l'averse qui lui fouettait les joues :
- Ah ! cœurs durs que vous êtes ! cria-t-il. Où voulez-vous donc que j'aille ? Je ne peux pas le laisser mourir !

– Mauvais cœur, vous-même ! Qui est-ce qui vous force à courir les campagnes et à mendier, avec vos gosses encore, pour faire pitié ? Vous pouvez passer, allez ! on la connaît...
– Dites donc, chemineau, fit une voix enrouée, où sont vos papiers ?

Un gros homme, vêtu d'une veste de tricot, très assuré de langage et d'attitude, observait le Breton, qui tournait avec précaution la petite voiture pour revenir sur ses pas.

– Oui, où sont vos papiers ? Vous ne répondez pas ? Vous n'en avez pas ?... Si vous voulez un conseil, fichez le camp !... Vous avez raison de vous en retourner ! Et un peu vite !...

Le garde champêtre eut un rire méprisant, le rire du petit fonctionnaire qui trouve le règlement toujours juste, et qui sent derrière lui la force, et qui ne sent plus le Christ qui réprouve. Il ne manquait jamais de faire cette question : « Avez-vous vos papiers ? » Elle avait le même succès, infailliblement : le pauvre s'en allait, et débarrassait la commune de sa présence et de ses haillons. Et celui-ci ne faisait pas autrement que les autres. Après avoir essayé de résister, il comprenait, il avait peur, et le voici qui s'attelait de nouveau à sa charrette de gueux et ramassait le timon dans la boue. Le garde riait, les mains dans les poches de son veston. Mais Jean Louarn, tout à coup, se redressa. L'horreur de voir mourir son enfant avait chassé tout le sang de son visage et retiré plus avant, au fond de leur orbite, les yeux qui luisaient pourtant. Il enjamba le ruisseau, il s'avança vers la maison, et, tordant l'une contre l'autre ses deux mains décharnées, il se pencha par l'ouverture de la boutique, le ventre appuyé contre le mur bas, et tout le buste tendu vers l'ouvrier qui cessa de raboter.

– Mon ami, dit-il, mon ami, je ne te connais pas, mais tu auras pitié !

La douleur supprimait la convention de la vie, et il le tutoyait.

– Si tu as un enfant, aie pitié du mien, et viens avec moi ?
– Pourquoi faire ? demanda le menuisier.

– Je te dirai quoi faire, reprit Louarn aussitôt. Viens seulement ?... Tiens tout de suite ?... Je suis un homme comme toi ; j'ai eu comme toi ma maison, et je n'ai plus rien !

Ces mots de la douleur vraie, et ce rappel de la fraternité, le maître ouvrier ne les avait pas souvent entendus. Il en fut troublé. L'âme habituellement inerte frissonna ; la main traduisit l'émotion, se resserra sur une poignée de copeaux qui la soutenaient, l'étreignit, comme une main fraternelle. La volonté consciente, plus lente et combattue par le voisinage du témoin qui écoutait dans la rue, hésita. Et Louarn, ne recevant pas de réponse, et n'ayant devant lui qu'un vieil ouvrier qui baissait le front et qui demeurait immobile, les genoux enfoncés dans les débris de bois blond, se rejeta brusquement en arrière, et partit. La petite voiture se remit à rouler et à se plaindre. Il n'avait pas fait cent pas, qu'il entendit qu'un homme venait et se hâtait pour le dépasser. Il n'eut point l'air de s'en apercevoir ; il pensa que c'était peut-être le garde champêtre, qui le reconduisait jusqu'aux limites. Mais son épaule glacée par la pluie sentit bientôt le contact d'un compagnon de route, qui tâchait de se bercer au même balancement, et qui demandait :

– Voyons, qu'est-ce qu'il y a ?

– Oh ! ce qu'il y a ?... Non, il y avait... dit Louarn.

Et il avançait toujours, sans même jeter un regard sur le compagnon qu'il avait appelé, si bien que celui-ci le crut fou.

– Qu'est-ce qu'il y a, mon pauvre garçon ? redemanda l'homme. J'ai quitté mon travail pour t'aider. Que veux-tu ?

Ils avaient déjà le village derrière eux. Ils marchaient sur la route détrempée, l'ouvrier inclinant la tête et comme recueilli pour recevoir une confidence triste, et Louarn, au contraire, le cou tendu au vent, selon son habitude ; tous les deux fouettés par l'averse qui avait des reprises subites et de subites accalmies. Alors le Breton parla, très bas, soufflant ses mots vers les nuages qui couraient, et s'interrompant parfois, pendant plus de dix pas, quand le cœur lui manquait, ou quand il avait peur de dire le nom de Donatienne.

– Il m'est arrivé, disait Louarn, des peines que je ne peux pas dire... Mais, tu vas me croire, je n'ai pas été en faute... J'ai travaillé ; je n'ai fait de tort à personne ; j'avais une jolie closerie... À présent, je traîne là-dedans tout ce qui reste de chez nous... Et mon petit Joël va mourir ; tu n'as qu'à soulever la veste que j'ai mise sur lui et qu'à tâter sa joue ; il va mourir si tu ne trouves pas quelqu'un de charitable qui le prenne en garde et qui le soigne !... Dis-moi quelqu'un ?

Le menuisier resta un moment silencieux, inspecta la campagne, et dit :
– Tournons par ici. J'ai une idée.

Ils tournèrent vers la gauche, du côté où la terre se soulevait et formait une longue colline, rase, pareille un peu à celles de Bretagne, et couronnée au loin d'un bouquet de pins. Une rayée de soleil tomba entre deux nuages, et galopa, ardente, d'un bout à l'autre de la plaine mouillée.

Louarn serrait la main de Noémi, et continuait :
– Je ne peux emmener que celle-ci, qui est grande, et Lucienne qui marche un peu. Mais quand j'aurai trouvé du travail, je gagnerai de l'argent pour faire revenir Joël, et pour payer celui qui l'aura nourri... Je te le promets...
– Où vas-tu ? demandait son compagnon.
– Chercher du travail.
– Où y en a-t-il ?
– Dans la Vendée.
– C'est ce que disent ceux qui passent, mais on ne les revoit plus ! répondait l'ouvrier.

Celui-ci prenait confiance, à mesure qu'il écoutait Louarn. Sa barbiche blanche se levait, de temps en temps, au-dessus des barrières, et il cherchait quelqu'un. La pluie ayant cessé, il faisait plus doux, et la terre fumait. C'était le moment où les travailleurs sortent pour achever en hâte la besogne commencée. L'ouvrier observait d'un coup d'œil et reconnaissait les gens qui ramassaient des châtaignes, ou qui hersaient, ou qui menaient les troupeaux aux deux bords du sentier. Et il ne s'arrêtait pas. Enfin, comme l'éclaircie s'élargissait, il vit, dans un champ, deux femmes qui coupaient de l'herbe avec la faucille. Elles ne le voyaient pas. Il les appela, et elles vinrent. Il leur montra l'enfant, tout brûlant de fièvre, au

fond de la petite charrette de Ros Grignon, et expliqua les choses.
– Je réponds de l'homme, ajouta-t-il. Faites ce qu'il demande.
La plus âgée des deux pauvresses demanda :
– Que donnera-t-il ?
Ils discutèrent. Mais pendant qu'ils tâchaient de se mettre d'accord, la plus jeune se baissa, fit de ses bras un berceau, éleva l'enfant jusqu'à son sein, et dit :
– Je le prends pour moi !
C'était l'adoption...
Une heure plus tard, au sommet de la colline, et parmi les pins, Louarn sortait de la ferme où il laissait Joël. Quand il fut à une vingtaine de pas, et trop loin pour revenir lui-même en arrière, il dit à Noémi :
– Embrasse-le bien !
Et la petite courut à la maison, et reparut bientôt.
– Retourne ! dit le père.
Elle revint encore. Et, une troisième fois, il la renvoya, disant :
– Chéris-le, comme si tu ne devais plus le voir d'ici une grande semaine !
Car il n'avait point expliqué à la petite son projet. Il la vit reparaître toute joyeuse.
Alors il se rapprocha de l'homme qui l'avait conduit jusque-là, et il se découvrit, pour le remercier sans dire un mot de trop. Puis il interrogea :
– Où est ma route, à présent ?
L'autre avait encore moins de courage que Jean Louarn. Il ne put parler. Il montra seulement, du doigt, la direction de l'Orient.
Et Louarn descendit la colline, n'ayant plus avec lui que deux de ses trois enfants.
Il alla vite, vite, sans se retourner, tant qu'il y eut un peu de jour. Il était comme insensé. Et il parlait aux choses. Il disait aux arbres : « Voyez ce qu'elle m'a obligé de faire ! » Il donnait cours à la colère, qui n'avait jamais grondé ainsi dans son cœur.

Il accusait Donatienne. Il la chargeait de tout le mal qu'il avait eu, qu'il avait, qu'il aurait. Il disait encore : « Mauvaise femme, j'ai été forcé de quitter ton enfant ! Ton enfant pleure, ton mari marche, et vois Noémi, elle n'a plus de souliers ! » Cependant, quand il eut beaucoup pleuré, il finit par dire : « Elle ne sait pas, tout de même, ce qui m'est arrivé. Si elle avait su tout le mal qu'elle a fait, elle serait peut-être revenue ! »

Et il continua, s'éloignant de ce lieu qui était vraiment la frontière de Bretagne.

Les jours suivants, il ne rencontra plus de landes, et il commença de boire du vin, quand les fermes où il se louait étaient riches. On ne lui demandait plus de quelle paroisse il était, mais on le tenait à distance.

– Ça ne vaut pas cher, lui disait-on, la graine de souci qui vole, et vos Bretons sont si attachés à leurs pommiers et à leurs landes qu'il n'y a que les pires à s'en aller.

On le logeait moins souvent et moins bien.

Il dormit dans des étables à porcs ; il dut payer sa nuit, plusieurs fois, non seulement dans les auberges où le froid le faisait entrer, mais chez l'habitant qui ouvrait son fenil. Ils avaient le cœur plus dur. Les mauvais jours allaient venir et, en attendant, les nuits froides étaient venues. En vérité, le chemin ne devenait pas moins dur, à mesure qu'il s'allongeait, comme Louarn l'avait espéré.

Le chemineau songeait quelquefois à tous ces jours qui s'étaient accumulés depuis qu'il était parti, et, ne sachant où il se trouvait exactement, il tâchait d'imaginer une distance en rapport avec un pareil temps : sept semaines, huit semaines, neuf semaines. Mais il n'y réussissait point. Souvent aussi, il essayait en vain de se louer dans les fermes. Il était si maigre qu'on le croyait sans force. Il demandait : « Y a-t-il des pommes de terre à arracher ? » On lui répondait : « Sans doute, mais on se suffit. »

Ou bien on ne lui répondait pas. Et il pensait : « Je ne suis pas encore en Vendée, puisque le pays n'est pas meilleur que chez nous. » Souvent aussi, il lui venait des idées mauvaises. Tantôt c'était la tentation de se tuer, de se jeter dans une mare, une pierre au cou ; tantôt, et plus fréquemment, c'était une défaillance morale plus obscure et plus troublante, et un regret de tout ce qu'il avait fait de bien. « Qu'ai-je gagné, songeait-il, à aimer cette Donatienne ? Pourquoi ne l'ai-je pas imitée, elle qui s'est moquée de moi ? Me voici sur les routes, plus pauvre que ceux auxquels je donnais l'aumône, chargé tout seul des enfants qui étaient de nous deux, et obligé de remercier quand je dors sur la paille. Si j'avais voulu, pourtant, oui, si j'avais voulu ! » Il se souvenait des mots à double sens que lui avait adressés la fille de Plœuc, chargée, par Donatienne elle-même, de tenir le ménage en ordre, dans les premiers mois de la séparation. Il se sentait hanté par le rire sournois de cette Annette Domerc, par son regard dont il avait gardé, au fond de lui-même, comme la piqûre secrète et envenimée.

Presque toujours, il secouait assez rapidement ces pensées-là. Il en avait du remords. Il cherchait un appui. Alors, il embrassait vingt fois de suite Noémi ou Lucienne ; il leur disait des mots très doux ; il essayait de les faire rire, comme si le rire des enfants eût été un pardon pour l'homme. Les petites, vaguement, s'étonnaient de ces tendresses subites, qui s'espaçaient, d'ailleurs, de plus en plus.

Et, de colline en colline, par les terres fortes, par les bois, par les bourgs, il descendait vers le sud-est. Il avait passé dans la Mayenne, à droite d'Ernée et à gauche de Grand-Jouan. Certains jours il s'étonnait sur les collines, de sentir de nouveau la salure de l'air. Car il s'était rapproché de la grande vallée qui entre au cœur de la France, et, sans le savoir, il était plus près de la mer qu'au milieu de son voyage.

Un soir d'octobre, il avait marché péniblement, à cause de la pluie qui commençait à amollir les terres, et qui venait par ondées longues, couchées par un vent doux. Il ne cessait de penser aux semailles dont c'était le temps. Sa main s'ouvrait toute seule au grain absent, sa main condamnée à ne plus toucher le froment. Il lâchait la poignée de la charrette, et la ressaisissait. Il y avait dans l'air de l'orage qui ne gronde pas. Louarn avait faim ; Noémi avait faim ; Lucienne avait faim. Ils montaient une côte dont le sommet devait être bien éloigné, car on apercevait, tout à son point culminant, la bâche d'une voiture de roulier, qui cahotait en s'en allant, et celle-ci ne semblait pas plus grosse qu'un panier de jonc. Le jour allait finir. Mais c'était l'un de ces jours où le soleil disparaît sans qu'on sache où, ni quand, à quel moment précis. Il y avait seulement des bandes de ciel plus pâles, couvertes de fumée en mouvement, à droite de la voiture de roulage qui s'éloignait. Pas un toit qui fut proche, pas un regard, pas une voix humaine : des champs assombris, remués fraîchement, coupés de vignes dont le nombre se multipliait depuis une semaine, sur le chemin d'aventure que suivait le Breton ; et, après les vignes, à quelques centaines de mètres du sommet, un taillis balançait ses brins de chêne trapus, et buvait l'eau par ses feuilles, ses mousses, ses champignons, ses lichens, sa terre poreuse. Louarn pensa : « J'atteindrai ce mauvais abri. Il y aura au moins un peu de bois pour faire ma cuisine. Les petites ont besoin de quelque chose de chaud. » Il mit un grand quart d'heure à franchir la distance qui le séparait du taillis, entra par une dépression du talus, et laissa la petite charrette au bord d'une de ces minuscules clairières rondes que laissent après eux les charbonniers, quand ils ont cuit le charbon dans une coupe. Et aussitôt, il se mit à tirer de la voiture une vieille casserole, une bouteille d'eau, et cinq gros navets qu'on lui avait donnés. Noémi s'assit contre la cépée de chêne qui avait le moins de traces de pluie à sa racine et, ayant mis sa sœur près d'elle, ayant renoué les bouts des deux châles gris qui s'étaient dénoués, elle commença à peler les légumes avec son couteau de poche, tandis que le père s'écartait, à la recherche du bois mort.

 Quand les deux petites furent seules, elles se mirent à rire, et leur rire était doux, comme s'il y avait eu des oiseaux, et il s'en allait dans la fin du jour, dans la pluie, jusqu'à la route qui passait à peu de distance, jusqu'au père qui s'éloignait en faisant un cercle, de peur de s'éloigner trop. Celui-ci, en les entendant, sentit défaillir ce qui lui restait de courage. Elles ne comprenaient pas qu'on était hors du pays breton, qu'on allait dans l'hostilité du monde, que l'hiver venait, que la lassitude de ces gîtes de hasard, et l'incertitude de la vie augmentaient avec les jours ; elles ne subissaient pas l'étouffement, l'accablement de la nuit mortelle qui enveloppait le bois, et qui eût fait pleurer un homme heureux !

Deux poignées de brindilles mouillées, trois poignées de mousse qu'il avait pressées comme une éponge, et Louarn revint vers les petites.

La casserole était pleine d'eau et de quartiers de navets pelés. Il ramassa des pierres, fit un foyer qu'il bourra de bois, et frotta l'une des allumettes qu'il portait dans sa vieille tabatière de corne. Le bois ne prit pas feu. Il n'y eut qu'une bouffée de fumée qui s'en alla, couchée et vite bue, dans la brume énervante.

– Faudrait des feuilles sèches, dit Louarn ; prends les allumettes, Noémi, je vas chercher de la feuille à présent... Il fera froid cette nuit, mes pauvres !...

Il était debout, décoiffé, les cheveux collés ; il regardait du côté de l'occident, où il y avait une longue traînée jaunâtre, comme une couleuvre écrasée, un reste de lumière entre la terre et des nuages si bas, si bas que l'air manquait dessous. Par là, Louarn, par là, tu avais jadis, au soir tombant, un feu clair qu'une autre allumait, tu avais les bonjours qui accueillent, les bras qui s'ouvrent, et qui t'aimaient...

– Allons, dit-il tout bas, il faudra maintenant que je ne regarde plus jamais de ce côté-là, non, plus jamais... Il fera froid, mes pauvres ! répéta-t-il.

En parlant, il se détourna pour aller chercher des feuilles sèches. Noémi essaya à son tour de frotter les allumettes, et elle riait, ne réussissant pas, sous la poussée de pluie et d'air doux qui éteignait à mesure la flamme... Dans l'immensité lugubre, son rire d'enfant glissait.

Tout à coup, elle cessa de rire. Le père, qui était à trente mètres de là, entendit qu'elle parlait. Et il ne pouvait la voir, parce que le couvercle de nuages s'était fermé, et que la nuit s'était épaissie... À peine s'il voyait ses mains errant à terre et les flèches des branches sur le gris de fumée du ciel... Elle parle, Noémi... À qui ? Pas à sa sœur... Les enfants n'ont pas la même voix quand ils causent entre eux, et quand ils sont en présence d'une grande personne... Elle parle, dans le bois ; elle répond à des questions qui sont faites à voix basse... Le vent ne porte pas de ce côté. Louarn s'approche, courbé, attentif, le cœur battant de colère... Si c'est un chemineau, il se battra ! Pourquoi ? Parce que... parce qu'il a défendu à Noémi de répondre aux chemineaux, parce que la haine est à plein son cœur, ce soir, avec la peine... Il tourne, les poings serrant les feuilles qu'il a saisies, et, sans bruit, il arrive auprès du rond des charbonniers. Trois formes sont penchées vers le foyer, deux petites, une grande. Il entend une voix qui demande :

– Donne-moi les allumettes, petite, j'allumerai bien !

– Ne les donne pas, Noémi ! crie Louarn. Je te le défends !

Il est debout. Une lueur de phosphore brille, puis une flamme dans le creux de deux fortes mains qui la protègent. Le reflet, aigu, subit, tire hors de la nuit pluvieuse une figure qui apparaît un instant, de trois quarts, ferme et pleine, dessinée en traits rouges dans le noir de la nuit où elle se replonge presque aussitôt. C'était une femme. Elle avait regardé du côté de Louarn... Elle disait :

– Veux-tu que je fasse la soupe ?

– Non ! cria Louarn. Allez-vous-en !... Je ne veux pas de vous !

Ils n'étaient pas séparés par deux mètres. Ils étaient de même taille. Et la femme s'étant baissée, sans tenir compte du refus, alluma une poignée de bois. Parmi beaucoup de fumée, une flamme s'éleva sous la casserole, éclairant l'herbe et les enfants penchés, et le visage de la femme qui, maintenant accroupie, regardait le Breton de bas en haut, et riait avec une insolence, une assurance et une curiosité extraordinaires. Une deuxième fois, elle demanda :

– Veux-tu que je fasse la soupe ?

– Non !

Mais il ne fit pas mine de la chasser.

Elle avait des cheveux abondants, noirs, crêpelés, relevés sur le sommet de la tête, et pas de bonnet. Elle observa Louarn un long moment. Le feu jaillit en flambée ; alors la femme, se

relevant tout doucement, souple, et sans cesser de regarder Louarn, dit, mais d'un autre ton, qui mordait le cœur :
– Dis, veux-tu que je fasse la soupe ?... Tous les jours ?... Tant qu'on ne se déplaira pas ?... Tu ne peux pas nourrir ces enfants-là, voyons !

Il ne répondit pas, et s'éloigna, hors de la portée du feu, dans le noir, sous prétexte de ramasser du bois pour alimenter le feu. Mais tout le temps il la regardait, jeune encore, laide et forte dans la lueur dansante...

Et quand il revint, il ne répondit pas davantage, mais il resta, et il mangea la soupe qu'elle avait faite.

Trois jours après, les voyageurs descendaient un chemin sablonneux. Ils étaient quatre. Elle ne portait qu'un paquet de linge à son bras, elle, la compagne chassée de quelque roulotte, ou la libérée d'une maison de correction, l'errante qui s'était jointe à l'errant. La petite Noémi l'accompagnait. L'enfant allait craintivement, le long de la robe, courant parfois de peur d'être en retard, car la femme marchait vite et n'attendait pas Louarn, qui retenait sur la pente la petite voiture plus chargée qu'au départ. C'était lui qui traînait toujours Lucienne, comme auparavant. Il était plus sombre que jamais, et il ne parlait plus aux enfants, et ce qu'il avait de bon et de résigné dans le regard, autrefois, il ne l'avait plus, même quand il regardait la compagne qu'il avait acceptée. Celle-ci ne s'occupait pas de lui ; elle marchait au bord de la route, déhanchée, les yeux furetant autour d'elle, comme celles qui ont la coutume de vaguer. Quand elle passait à proximité d'un verger, elle sautait la haie, pour ramasser des pommes, des poires, ou des grappes de raisin. Il n'y avait qu'à lui faire signe, d'ailleurs, pour qu'elle s'occupât des enfants, ou de les faire manger, ou de les porter, dans les endroits difficiles où la charrette aurait versé, ou de repriser leur robe ou leurs bas, à la halte. Elle n'avait ni empressement, ni résistance. Presque toujours, au coin de sa lèvre, elle portait un brin d'herbe, qu'elle écrasait entre ses dents blanches. Louarn au milieu du chemin et traînant Lucienne, la femme sur la gauche, Noémi derrière elle, ils descendaient, silencieux, le chemin sablonneux et tournant. Le jour était beau ; un air lumineux semblait vouloir baigner et guérir toutes les plaies de l'automne. Des vignes s'étendaient aux deux côtés des haies, qui n'étaient plus que de petite épaisseur, pleines de viornes, d'épines-vinettes et de houblons. On vendangeait presque partout ; l'odeur du vin nouveau descendait les coteaux, et roulait vers les peupliers et les saules jaunis qu'on voyait au bas des vignes. Jamais Louarn n'avait senti si vivement le lourd parfum qui flotte, un mois durant, sur les coteaux des provinces tièdes ou chaudes de la France. Il en éprouvait comme un vertige. Mais quand le vent d'ouest, par intervalles, fraîchissait, la maigre figure se redressait, et Louarn regardait le ciel tout plein d'un grand souffle de vent, compagnon qu'il reconnaissait. Une émotion aimée renaissait en lui.

À un dernier détour, le chemineau s'arrêta. Ses lèvres taciturnes, pour lui seul, murmurèrent deux mots :

– La mer !

Au bout d'une prairie aussi unie qu'une route, un large fleuve coulait. Il avait la majesté d'un de ces bras de mer qui entament le granit breton, et se prolongent par un tout petit torrent, tordu comme une vrille. Il avait ses plages de sable, ses anses, son mouvement de marée, son ouverture élargie vers l'ouest. Et Louarn, que rien n'avait ému vivement parmi les choses qu'il avait vues en voyage, répéta, en respirant largement :

– La mer ! La mer !

La femme, dédaigneuse, leva les épaules, et dit :

– T'as donc rien vu ? C'est la Loire.

Ils reprirent leur marche, à travers le pré maintenant, et dans le plein souffle de ce vent du large qui venait boire l'odeur des vendanges, et la mélangeait à son odeur d'écume. Louarn avait l'œil brillant, fasciné par la lueur de l'eau en mouvement. Le nom de la Loire ne lui disait rien. Il pensait aux eaux qui montent et se retirent sur les grèves ; il pensait aussi que, de l'autre côté, ce devait être enfin la Vendée. Bientôt, le sentiment qu'il allait à jamais s'éloigner de la Bretagne, vint lui étreindre le cœur. Louarn marcha moins vite, et il se taisait, tout blême, parce qu'il allait passer ce qu'il appelait la mer, et ce qui était bien la mer pour lui, la grande frontière qu'on ne repasse plus, quand on émigre.

La femme n'avait aucune conscience de ce qu'il pouvait souffrir. Mais Noémi s'étant approchée de son père, par hasard, il lui prit la main et la garda. L'enfant se mit à dire :
- Une voile ! Regardez une voile !

Mais il ne regarda qu'elle, la petite Noémi, et si tendrement qu'elle en fut surprise, et qu'elle le considéra, se demandant : « Qu'ai-je donc ? »

La prairie où ils s'avançaient, dans le vent continu de la Loire, se trouvait aux environs de Varades, assez loin du bourg et du pont. Ils s'approchèrent de la rive, et Louarn, ayant aperçu un homme qui se disposait à traverser le fleuve dans son bateau, le héla et demanda passage. L'autre considéra cette chétive caravane. Il était riche, comme beaucoup de paysans de la vallée, et la misère lui paraissait un tort.

- Faut bien rendre service, dit-il. Mais je suis pressé. Appelez donc votre femme qui muse !

À ce mot, « votre femme », Louarn frissonna si fort que le batelier, nourri de pain blanc et de vin, se prit à rire. Il fallait peu de chose pour l'amuser. La compagne de Louarn cueillait des champignons, dans le pré, et les serrait dans le pli de sa jupe relevée. Elle arriva, lente malgré les appels, se baissant encore afin d'augmenter la récolte : leur souper pour le soir. Pendant qu'elle venait, le paysan, accoudé sur sa perche qui tremblait au courant de l'eau, ayant observé les cheveux crêpelés, la mine insolente et négligée de la femme, reprit :

- C'est un sacré métier que vous faites là, toujours courir ! On ne gagne pas d'argent. Allons, embarquez !

Ils ne répondirent pas, et montèrent dans la barque plate, où ils installèrent la petite charrette et tout le bagage. Sur le banc, à l'avant du bateau, Louarn s'assit à côté de Noémi. Et, de nouveau, il lui prit la main, et la tint serrée, serrée.

Mais il ne parlait pas. Il ne regardait pas non plus son enfant. Ses yeux erraient sur l'eau luisante où le bateau s'en allait à la dérive, puis sur les lointains de la Loire, aux deux côtés.

Noémi était réjouie de ce glissement qui l'emmenait. Elle n'avait plus à marcher. C'étaient les choses qui coulaient derrière elle. Vers le milieu du fleuve, elle sentit se resserrer un peu plus sur sa main la main du père. Elle vit qu'il avait sa figure de souffrance, à demi détournée vers la nappe fuyante et illuminée de soleil jusqu'à l'extrême horizon.

– Mignonne, dit-il tout bas, est-ce que ça ne te rappelle rien, cette grande eau-là ?

L'enfant suivit la direction de la main à peine soulevée, et hocha la tête, ne trouvant rien.

– Moi, reprit le père aussi doucement, ça me rappelle la mer, comme qui dirait Yffiniac et la grève des Guettes. Tu ne te souviens pas ?

Cette fois, la petite voix répondit :

– Non.

– Tu ne te souviens pas de ton grand-père Le Clech, le pêcheur, qui avait un bateau, lui aussi ?

– Non.

– Nous étions pourtant allés le voir, une fois, avec toi, avec...

Il allait dire « avec ta maman Donatienne ». Mais il se retint ; son front se pencha vers les planches du bateau, et la petite l'entendit qui disait :

– Je suis tout seul au monde !

Il ne se redressa plus avant d'avoir atteint l'autre rive.

Alors, Louarn sortit du bateau, remercia d'un mot le paysan qui avait déjà amarré la chaîne et s'éloignait, et, debout sur le sable, au pied des oseraies, tourné vers le fleuve, il ne regarda plus qu'une chose, la Bretagne, déjà lointaine, et qu'il apercevait pour la dernière fois.

Il était si absorbé par la contemplation de la prairie, des coteaux de vignes traversés une heure plus tôt, des frondaisons mêlées de chemins et fuyant au nord-ouest, et de ce qu'il voyait sans doute au-delà, qu'il laissa Noémi descendre seule, qu'il laissa sa compagne passer devant lui et l'injurier, traînant la petite charrette et portant le panier. Il demeurait seul. Il avait toute l'âme dans les campagnes d'où il venait. Elle se jetait impétueusement, malgré toutes les résolutions, jusqu'aux lieux où il avait tant souffert. Et c'était pour y souffrir encore. Il se perdait en des adieux dont lui seul savait la raison, et la cruauté, et la place nombreuse en un cercle tout étroit où sa vie avait tenu.

Dans les saulaies, loin déjà, une voix lui cria :
- Louarn, vas-tu venir ?
Il s'éveilla.
Elle reprit :
- Par où faut-il que j'aille ?
Il répondit :
- Toujours devant nous, toujours !

Puis, se détournant, il suivit la misère qui l'appelait, et ils s'enfoncèrent vers le centre de la France.

IX « À la petite Donatienne »

Depuis huit ans, elle avait quitté son mari, ses enfants, la closerie de Ros Grignon au pays de Plœuc, pour servir à Paris, et il y en avait sept depuis que Jean Louarn, à cause d'elle, désespéré, son bien vendu, son cœur trahi, s'était jeté hors de la Bretagne, et avait pris la route de Vendée, celle qui mène partout. Dans le café qu'elle tenait à présent, et qui portait son nom « À la petite Donatienne », un café de banlieue, au coin d'une rue de Levallois-Perret, un client laissait refroidir le bol de chicorée qu'elle venait de poser devant lui. Ce n'était pas un habitué. Les deux coudes sur la table, la tête avancée au-dessus du bol dont la fumée caressait son menton rasé et les lourdes moustaches déteintes qui cachaient ses lèvres, il regardait devant lui, en remuant machinalement le liquide noir avec la cuiller. Tous les muscles de son visage étaient détendus. Il se reposait. Ses yeux, qui recevaient la lumière d'en face, ses yeux verts luisant d'un vague sourire, fait de l'absence de préoccupation et d'un sentiment de bien-être, regardaient fixement la brume, par-dessus les petits rideaux qui voilaient le premier rang des vitres de la devanture. Cependant il se croyait obligé de parler quelquefois, par préjugé populaire hérité des vieux temps charitables, par politesse pour l'hôtesse de hasard, inconnue, et qui ne se trouvait même pas dans l'orbe de sa vision. Elle se tenait dans la partie gauche de la pièce, assise à contre-jour, touchant presque le vitrage qui séparait la salle d'avec la rue, et elle tricotait une paire de bas noirs, chose qu'elle avait faite toute sa vie, depuis les temps lointains où, petite coureuse de grèves, en la paroisse d'Yffiniac, on la voyait parmi les femmes qui chaque jour attendent la mer montante et le retour des voiles éparpillées au large. Elle faisait ce travail sans y penser. Cela s'arrêtait et se reprenait silencieusement. Elle n'avait pas plus l'esprit à son tricot que le client n'avait le sien dans les brouillards de la rue. Elle songeait que ce client l'ennuyait, qu'il mangeait trop lentement, qu'elle aurait dû être sortie déjà pour les provisions du matin. Les laitiers revenaient avec leurs pots de fer-blanc vides. Quand elle levait les yeux vers l'homme, elle remarquait qu'il avait la peau gercée par le vent des échafaudages et, au creux de ces rides, des traces de chaux, qui tombaient parfois et s'abîmaient dans le café que la main agitait. Ni l'un ni l'autre, ils ne se hâtaient de répondre. Et cependant, ces mots, qu'ils échangeaient si mollement et sans goût, les amenaient, inconscients, à un moment tragique de la vie.

– Comme ça, disait Donatienne, vous allez vous en retourner dans votre pays ?

– Oui, répondait le maçon, puisque novembre arrive. Pour nous, c'est la morte-saison. Jusqu'au mois de mars, on sera Limousin. Vous connaissez peut-être Gentioux ?

– Non, je ne quitte pas Paris, moi, jamais. C'est joli, chez vous ?

– Pas trop. Et puis, quand personne ne vous attend, vous savez, les pays, ça n'est jamais très beau.

Elle bâilla, fit sept ou huit mailles, et ne répondit pas, ayant le désir que le client s'en allât.

Celui-ci pencha la tête, qu'il avait couverte d'un feutre dur, leva le bol dans ses deux mains, et but une gorgée.

– Ça n'est pas beau, reprit-il ; mais c'est le pays ; on retrouve au moins des connaissances ; on apprend qu'il y en a qui sont morts pendant notre campagne d'été, d'autres qui se sont mariés, d'autres qui sont nés. Quand je reviens, moi, on m'attend toujours pour être parrain.

– Je ne dis pas non, fit l'hôtesse.

– Des Marie, des Julia, des Hortense, des Pierre, des Constant, des Léonard, comme de juste,... il y en a de tous les noms, chez nous, dans la Creuse...

Il se mit à rire, tout seul, puis à souffler sur le café.

– Je connais même, figurez-vous, un petit gars qui s'appelle Joël !

Et il rit de nouveau.

La femme s'était levée subitement. Petite, agile, habillée de noir, elle venait, son tricot dans une main, les yeux droit devant elle et ardents. Elle n'avait plus son air d'ennui, mais ses joues encore fraîches, fendillées de mille petites rides au bas des paupières, étaient devenues toutes rouges.

– Répétez, pour voir ? demanda-t-elle. L'homme voulut prendre la main qui tenait le tricot, et qui se tendait, pour commander. Mais elle la retira, d'un mouvement d'impatience.

– Laissez donc !

– Faites pas attention, ma belle, c'est pas pour vous offenser... Eh bien ! oui, j'ai rencontré un gamin qui s'appelle Joël.

– Quel âge ?

– Huit ou neuf ans.

– Frisé ?

– Je ne me rappelle pas...

– Gentil ?

– Bien sûr, comme les autres.

Donatienne le saisit par le bras.

– Regardez-moi donc !... Il faut vous rappeler !... Ce nom-là m'intéresse, moi !... Vous voyez, ça me fait quelque chose que vous l'ayez dit... J'ai connu un enfant qui s'appelait de même... Où habite-t-il, le vôtre ?...

– Pas tout près de Gentioux, qui est mon endroit ; à peut-être cinq ou six lieues sur la route de retour, je ne sais pas bien le nom, à un tournant de la grande route... Nous l'avons vu en passant, lorsque nous sommes venus, en mars, avec l'un de mes compagnons... Nous allions à pied, pour prendre le train... Je me rappelle une manière de petit jardin entouré de haies, avec des souches de peupliers... Le gamin jouait là-dedans... Mon compagnon me l'a montré, et m'a dit : « Il s'appelle Joël ; c'est le fils d'un homme qui travaille aux carrières, là-haut ; il paraît que c'est venu de Bretagne. »

Il y eut un cri étouffé :

– Bretagne ? Vous êtes sûr qu'il a dit Bretagne ? Ah ! il ne faut pas me mentir ! Vous ne le feriez pas ! J'ai besoin de savoir... Ne me trompez pas !

Sa main tremblait sur le bras du maçon.

– Il y avait à côté une petite sœur, n'est-ce pas ?

– Une grande plutôt, et pas laide, bien sûr ; un peu comme vous...
– Grande, vous dites ?
– Assez. Des yeux jolis, luisants comme de l'eau qui remue.
– C'est Noémi ! fit la femme avec une voix de rêve, et comme si elle la voyait. Noémi ! Et avec elle ?
– D'autres enfants ?
– Oui.
– Je n'ai vu qu'un moutard.
– Une fille ?
– Non, un garçon... Il était en culotte... Je suis sûr...
Donatienne changea de visage.
– Ce n'est pas eux, alors... J'avais cru... Ce que c'est que les idées...

Elle lâcha le bras de l'homme. Une émotion dont elle n'était plus maîtresse l'étreignait, et son cœur, sous ce double coup de la surprise et de la déception, s'ouvrit, malgré elle, à cet inconnu. Elle était si malheureuse d'avoir espéré en vain, si fortement tirée hors de sa vie ordinaire, qu'elle dit :

– Au premier moment, j'ai pensé que j'allais retrouver les miens... J'ai eu trois enfants, moi qui vous parle,... et je ne sais plus où ils sont,... plus, plus,... comprenez-vous ?... Le plus petit s'appelait Joël... Mais je n'avais que lui de garçon, et les autres avaient nom Noémi et Lucienne... Je suis trop prompte à me faire du tourment, n'est-ce pas ?

Elle retira le bout de ses aiguilles qui traversaient le tricot, et elle se recula, en essayant de rire, tandis que l'homme buvait, en la considérant par-dessus le bord du bol. Il avait devant lui un mystère de chagrin. Cela le troublait. Il souffrait de cette peine obscure et toute voisine. Une mère, des enfants, il les voyait jouer ensemble... Et puis, l'abandon... Pour rien au monde, il n'eût voulu l'interroger... Mais il se rappelait des histoires pareilles, et une pitié vague lui prenait toute l'âme. Il buvait lentement, pendant que Donatienne, les yeux baissés sur son ouvrage, les paupières battantes, tricotait au hasard, et se retirait vers la place qu'elle occupait auparavant.

Elle sentait cette pitié qui l'enveloppait. Elle demanda :

– Vous travaillez dans le quartier ?
– Non, madame, je suis ici rapport à l'entrepreneur, qui m'a envoyé faire une commission chez son marchand de plâtre. Mais je connais plusieurs de vos amis. Ils m'ont parlé de vous.
– Il ne s'agit pas de cela. Seulement, puisque vous allez passer un temps chez vous, informez-vous tout de même de ce Joël... Vous reviendrez me dire la réponse, au printemps ? Voulez-vous ?
– Pour sûr, je reviendrai, madame Donatienne... Ça ne me coûtera guère de revenir.

Dans la poche de son gilet, il chercha cinq sous, qu'il jeta sur le marbre de la table. Il redevint l'insouciant tâcheron de chaque jour.

– C'est drôle, tout de même, hein, la patronne, d'avoir jusque chez nous, dans la Creuse, de la graine de gueux de chez vous,... puisqu'il paraît que vous êtes Bretonne ?... Sans rancune, n'est-ce pas ? Au revoir !

La longue blouse blanche traversa la salle ; les épaules de l'homme, sa tête au poil court, que cachait presque entièrement le chapeau de feutre taché de chaux, s'encadrèrent entre les montants de la porte, puis parurent encore un instant dans la brume de la rue, à droite, au-dessus des petits rideaux de la devanture. Enfin, Donatienne, qui avait suivi des yeux ce fantôme diminuant, le vit disparaître et s'abîmer dans le grand Paris. Elle continua de regarder l'endroit où elle avait cessé de le voir. Le passage d'une voiture, dans le jour laiteux, brisa l'image qui survivait. La femme fronça les sourcils, d'un air impérieux et mécontent, comme elle faisait autrefois, quand elle était petite, pour faire céder ses parents. Eux ils cédaient toujours. Mais la vie n'obéissait pas comme le père et la mère. Donatienne entra dans une seconde pièce, au fond, qui était une cuisine étroite, prit un panier, revint dans le café, et elle allait sortir, et déjà elle touchait la poignée de cuivre de la porte, quand derrière elle, une voix grasseyante demanda :

– Est-ce que tu as oublié le patron, par hasard ?

La figure mobile de la femme eut, de nouveau, un pli d'impatience. Mais, voulant sortir, et désireuse d'échapper à une explication, Donatienne dit rapidement :
– Ton café est sur le fourneau : tu n'as qu'à le prendre.
– Il en a bu, pourtant, le client ?
– C'est le mien que j'ai donné. Allons, va te recoucher !
Elle avança la main vers la poignée de cuivre.
– Halte !

Un homme sortit de la pièce voisine, et s'avança, le teint pâle, ayant, sur le visage, ce mélange d'hébétude et de colère, fréquent chez les alcooliques.
– Halte-là, je te dis !

Il traînait sur le plancher des pantoufles de cuir rouge éculées ; il n'était vêtu que d'un pantalon de drap bleu foncé, liséré de jaune, et d'une chemise de nuit, bouffant par-dessus la ceinture, et dont le col, déboutonné, laissait voir un cou sanguin, épais, où la pulsation des artères remuait la peau tendue. Assurément il avait été un bel homme autrefois : mais la paresse l'avait alourdi ; sa face rasée, aux sourcils courts et blonds, était trop ronde ; les mains, couvertes de poils jaunes, étaient trop grasses, et les paupières tombaient sur des yeux où la pensée vacillait et luttait avec le sommeil.
– Qu'as-tu encore à me dire ? demanda Donatienne.

Il croisa les bras.
– Je voudrais savoir ce que tu disais au client ?
– Ta jalousie qui te reprend, alors ?
– Peut-être.
– Jaloux de ce gâcheur de sable !

Elle se mit à rire, plus haut et plus vite qu'elle n'en avait envie, nerveusement, et, une seconde, sur ce visage moqueur, dans l'attitude de cette femme irritée et méprisante, dans le mouvement de cette tête qui avait gardé la ligne pure de ses attaches, l'image de la très jolie Bretonne d'autrefois passa...
– Oui, tu te penchais, comme ça, tu l'écoutais, tu lui prenais le bras... Ne dis pas le contraire : je t'ai vue, du haut de l'escalier !

Elle leva les épaules :

– Voilà donc que je vais te rendre compte de mes paroles, à présent ? Ah ! mais non ! Est-ce que nous sommes mariés, dis ? Est-ce que tu le crois ?
– Que te disait-il ?
– Cela me regarde !
– Donatienne !

Il fit le geste de prendre une chaise pour l'en frapper. Alors, Donatienne laissa tomber le panier, courut droit à celui qui la menaçait, et se dressa tout contre lui sur ses petits pieds, la tête levée, combattive et haineuse.

– Eh bien ! tape donc ! cria-t-elle. Qui t'empêche ? Tue-moi donc !... Pour ce que la vie est belle avec toi !... Je la déteste, entends-tu ?... Et toi aussi !... Tu peux y aller !... Qu'attends-tu ? Ne te figure pas que je vais t'obéir, et te rendre compte de mes paroles, à toi, à un homme que je fais vivre !

Elle avait les traits creusés par la colère. La femme lasse et flétrie qu'elle serait bientôt apparaissait maintenant. Au coin de ses lèvres entrouvertes, une dent manquait. Les autres dents étaient blanches, et fines, et luisantes. Et les yeux aussi luisaient, comme des crêtes de vagues qui écument. Elle répéta :

– Oui, que je fais vivre !

L'autre, à ce dernier mot, qui portait juste, essaya de répondre :

– Il n'y a pas de travail, tu sais bien...
– Non, il n'y en a pas pour les lâches...

Violente, d'autant plus qu'il cédait, elle continua :

– Je te répète que je suis lasse de toi, et que tu ne m'as pas en ton pouvoir, et que, un jour, je te le montrerai !

Il répondit en ricanant :

– Tu es trop vieille !
– Pas pour m'en aller d'ici !...

L'homme ferma à demi les yeux, et dit, entre ses dents :

– Où irais-tu donc ?

Il y eut un silence, pendant lequel chacun médita la force de cette question : « Où irais-tu ? » et la grande difficulté où ils seraient de vivre hors de leur péché, et de se « lâcher » l'un l'autre. Donatienne se sentit retomber dans la basse sujétion où elle vivait. Elle ne continua pas la discussion, se détourna, et sortit.

Elle était irritée, elle était plus malheureuse encore qu'irritée, lorsqu'elle se trouva dehors, ayant devant elle les maisons de Levallois, et, dans l'esprit, le dessin tout présent de ces courses qu'elle allait faire, et après lesquelles il lui faudrait rentrer... Elle avait dépassé l'âge où l'on s'étourdit aisément, et, bien qu'elle évitât les occasions de se souvenir ou de prévoir, il y avait des circonstances où elle entrevoyait le fond triste de son âme. Jamais peut-être elle ne l'avait vu aussi nettement que ce matin.

Cette conversation inattendue avec le maçon de la Creuse, cette dispute avec son amant, quelles évidences de misère, quels durs rappels de la solitude, qui avait toujours été son mal, depuis le jour...

Dans la brume, souillée de fumée, bue et revomie par les égouts, par les bêtes, par les gens, et qui avait essuyé les toits et les murs avant de tomber sur les trottoirs, elle allait, la tête basse, et elle n'entendit pas la crémière qui demandait : « Vous ne prenez pas de lait, madame Donatienne ? » ni la fruitière d'à côté, qui lui disait bonjour, une jeune femme chargée de trois enfants, et qui, vivant difficilement, enviait quelquefois la maîtresse du café, qui était sans charge de famille et passait pour riche dans le quartier.

Donatienne marchait au hasard, ayant toutes les puissances de son âme repliées sur elle-même, contre son habitude, et occupée d'une seule pensée, celle de ses enfants.

Elle avait toujours souffert à leur sujet. Dans les premiers temps, lorsqu'elle eut quitté Ros Grignon, elle pleurait en nommant dans son cœur Noémi, Lucienne, Joël, ce dernier surtout, qu'elle allaitait au départ, et que son nourrisson de Paris lui rappelait ; elle se souvenait de la douceur de ces petites lèvres, formées de sa substance et de son sang, et qui continuaient de lui demander la vie, et qu'elle pressait contre son sein. Ah ! s'il avait été là, lui, Joël, l'enfant donné par Dieu ; si elle avait pu embrasser les autres, seulement tous les deux jours, seulement toutes les semaines, elle sentait que ces petits l'eussent protégée, contre le plaisir qui la tentait, contre la nouveauté corruptrice, contre l'exemple... Plusieurs fois, elle s'était écriée, en secret, aux premiers remords, quand il n'y a eu encore que des pensées à demi consenties : « Mes petits, sauvez-moi ! » Mais ils étaient trop loin. Et l'enfant qu'elle nourrissait, et qui n'était point à elle, n'avait pas cette puissance protectrice. Et le danger enveloppait de toutes parts cette pauvre femme de Bretagne, qui n'était pas préparée contre tant d'ennemis.

Les femmes de service qui l'entouraient, dans la première place où elle était entrée, rue de Monceau, n'étaient pas toutes perdues de mœurs, mais elles étaient toutes libres de langage, et habituées à ne faire aucun cas de ce que Donatienne considérait comme une faute. Celles qui n'avaient pas d'amants disaient et répétaient que l'unique motif de leur conduite était la facilité plus grande qu'elles auraient de se marier. Elles ne respectaient aucune action en soi, et jugeaient seulement du profit qu'on en pouvait tirer. Plusieurs avaient plus d'esprit apparent que Donatienne, et une habitude de s'exprimer sur toute chose impertinemment. Donatienne les écoutait volontiers, d'autant mieux qu'on lui disait, la voyant facile à persuader : « Savez-vous que vous êtes jolie, la Bretonne, avec vos rubans de nourrice, sur votre coiffe de Plœuc ; quand vous passez, tout le monde se retourne ! »

Elle ne le savait que trop. Les femmes le lui disaient pour se faire bien voir, ce dont on a besoin, parmi les domestiques peu scrupuleux, et aussi parce qu'elle gagnait de gros gages. Les hommes encore mieux le lui faisaient entendre, et les choses elles-mêmes s'unissaient pour la perdre. Elle était si jeune, si légère de tête, si vaniteuse et si portée à son plaisir ! Le luxe lui paraissait un bonheur ; elle était troublée, grisée, amoindrie chaque jour dans sa défense morale, par la vue de l'argent qu'on dépensait autour d'elle, par la caresse de trop d'étoffes fines, de soie, de rubans, de dentelles qu'elle maniait, par l'appel éhonté ou secret qui ne cesse ni jour ni nuit dans les villes, et qui prend les rêves, après avoir pris les yeux, et la mémoire, et le cœur devenu si faible, si faible.

En six mois, ce travail de perdition était bien avancé. Elle n'écrivait plus à son mari... On la savait mariée à un rustre. Pauvre Louarn !... Elle était la première à rire de lui, quand on lui demandait, dans les réunions de l'office ou quand ils prenaient le thé, le soir, dans la chambre de la cuisinière, pendant que les maîtres étaient sortis : « C'est vrai, Donatienne, que vous avez bêché la terre, et que vous faisiez la moisson ? Il n'avait donc pas de cœur, ce garçon-là ?... Je voudrais voir son portrait... Vous l'avez, dites ? Montrez-le ?... » Tous parlaient de la sorte. Les femmes insistaient sur le nombre d'enfants qu'elle avait eus, trois en cinq ans, et la plaignaient pour ce passé, dont elle se fût souvenue, quelquefois, sans elles, avec douceur.

Les valets de chambre, les cochers, les maîtres d'hôtel, ceux de l'appartement, ceux des autres étages, la courtisaient plus ou moins. Elle leur plaisait par sa fraîcheur, son joli costume, sa hardiesse mêlée de retenue. Elle leur semblait d'une race étrangère. Elle était de bonne race, simplement, imaginative, un peu folle et vaniteuse, et elle riait, plus que d'autres, mais elle était plus honnête, en réalité, à cause du passé qui avait été meilleur. Elle permettait moins de privautés. Elle était traitée à part aussi, logée dans l'appartement des maîtres, gâtée de cadeaux, comme nourrice, et cela encore la rendait exceptionnelle, et l'exposait aux galanteries.

Et ce fut à cette époque que le nourrisson mourut, presque subitement, de mal inconnu. Donatienne pleura. Elle eut de la peine et de l'épouvante. Son sort allait changer. Elle se sentait lasse, et presque à bout de lait. Quelques jours passèrent. Elle couchait encore près des maîtres, par ménagement pour elle, et pour qu'elle eût le temps de faire passer son lait... Madame, un soir, la fit venir. Elle fut bonne ; elle, qui souffrait dans son cœur maternel, elle eut des mots de pitié pour cette autre femme, qui avait nourri l'enfant disparu, et qu'elle avait comme associée à sa maternité. « Nourrice, conclut-elle, – blonde, pâle, tout en noir, – nourrice, vous nous restez, n'est-ce pas ? Ce sera une manière de m'acquitter envers vous, qui l'avez toujours bien soigné ? D'ailleurs, là-bas, chez vos Bretons, après le malheur qui nous atteint, qui sait ce qu'on dirait ?... Et puis, ma pauvre femme, vous ne devez pas avoir envie de goûter de nouveau à la misère ? Si vous voulez être seconde femme de chambre chez moi, je vous garde. Seulement, je ne peux plus vous loger dans l'appartement... » Elle croyait sincèrement, cette jeune femme, qu'elle accomplissait un acte de charité. Elle croyait bien faire. Sa pitié mondaine lui représentait la misère comme le pire des maux. Il eût fallu qu'elle fût sainte pour penser autrement. Elle ignorait, d'ailleurs, à peu près, ce que devenaient ses domestiques, là-haut, après dix heures du soir. Elle n'avait pas plus que d'autres le pouvoir de le connaître. Et il était très vrai que la place manquait, dans le bel appartement de la rue de Monceau, pour loger les domestiques près des maîtres. La faute était à l'habitude, à l'architecte, au propriétaire, aux voisins, qui avaient fait semblablement ; au prix des terrains ; aux revenus qui ne permettaient pas un hôtel particulier ; aux distances d'ignorance, de défiance et de haine, à l'insécurité des relations, à leur fragilité, entre les serviteurs et les maîtres ; à l'idée funeste que chacun n'est responsable que de soi ; à la jeunesse de cette femme de vingt-cinq ans, qui n'avait pas le temps de songer à ces choses, et à qui sa mère ne les avait pas dites... Et Donatienne fut perdue.

Donatienne connut le couloir taché du sixième, les mansardes séparées par des cloisons percées de trous qu'on bouche avec du papier, les rires, les conversations louches, les obsessions, les coups à la porte, la nuit, quand les hommes rentraient du théâtre ou du café, les conciliabules, les partis qui se formaient, les jalousies, les portes qui s'entrouvraient à un signal convenu, l'appel des sonnettes électriques qui faisaient jurer dix hommes et descendre une femme, et les réceptions sous le toit, qui commençaient comme celles d'en bas, moins le décor, et qui finissaient crapuleusement.

Donatienne pas plus qu'une autre pouvait y échapper. Elle devint la maîtresse d'un valet de pied, très bel homme, connu pour ses bonnes fortunes, insolent sous la livrée, jugeant le monde qu'il servait, avec l'assurance et la richesse d'informations d'un homme de vingt-huit ans, qui comptait déjà quinze ans de service à Paris, et dans tous les mondes. Il fut très fier de sa conquête. Donatienne recevait, en ce temps-là, les lettres suppliantes, auxquelles elle ne répondait pas, les lettres où Louarn annonçait la prochaine vente de leur mobilier, là-bas... Elle n'y crut pas. Son amant lui dit : « C'est pour te ravoir, ou te faire chanter ! » Elle n'envoya pas son argent ; elle ne partit pas, pour sauver la closerie de Ros Grignon. Les deux dernières lettres même ne lui furent pas remises. Et on put dire : « Tu vois, s'ils t'oublient, et quelle blague c'était, ton ménage de Bretonne ! Ils n'écrivent même plus ! »

Vers le même temps, chose étrange, elle demanda à quitter la coiffe de son pays. À présent qu'elle n'était plus nourrice, qu'elle sortait moins et qu'elle ne faisait plus partie du luxe extérieur de la maison, peu importait. Elle enleva donc les deux bandes de mousseline, qui étaient roulées, gaufrées, orientées à la mode du pays de Plœuc ; elle plia l'étoffe, trois coiffes en tout, – et les serra avec sa robe de grosse laine à mille plis, ne les porta plus. Elle eut des chapeaux ; elle ondula ses cheveux et les releva ; elle fut semblable à la multitude. Cela changea Donatienne. Il fallait être observateur, pour reconnaître la Bretagne dans cette petite femme de chambre délurée, fine, les yeux brillants, qui avait le rire si nerveux et le sourire si triste.

L'été passa. Ros Grignon fut abandonné, et elle n'en sut rien... Elle pensait souvent aux enfants, et elle aurait voulu avoir de leurs nouvelles... Le remords aussi la tenait par moments. Elle avait été pieuse, dans sa toute première jeunesse ; il lui restait un fond de croyance, et elle savait que sa vie était mauvaise. Seulement, les réflexions qu'elle faisait n'étaient ni longues ni fréquentes. Là-bas, dans le pays pauvre, pour se garder ou se ressaisir, elle aurait eu les fêtes religieuses avec les pratiques de dévotion qu'elles amènent, la grand-messe et le sermon du curé de Plœuc, les missions, les baptêmes, les glas funèbres, les angélus sonnés par les cloches, les prières trois fois par jour ; elle aurait eu l'exemple des anciennes de la paroisse, qui venaient quelquefois visiter la closerie, et qui étaient un peu sentencieuses et radoteuses, mais qui laissaient après elles un désir de bien vivre. À Paris, elle n'avait rien de tout cela,... une messe basse, quand madame se souvenait, qu'elle indiquait l'heure et qu'elle pouvait contrôler...

Septembre vint. Elle était aux environs de Paris, dans un château, et elle n'avait pas changé de vie. Mais l'inquiétude de ne plus recevoir de nouvelles la torturait, et lui fit enfreindre l'ordre de son amant. Elle écrivit à « Mademoiselle Noémi Louarn, closerie de Ros Grignon, en Plœuc, Bretagne », et elle demandait comment chacun se portait... Huit jours passèrent, sans réponse. Elle pensa que Louarn avait appris ce qu'elle était devenue ; elle accusa son mari d'avoir empêché Noémi de répondre. Pour le savoir, elle écrivit à cette fille qu'elle avait elle-même choisie pour faire le ménage et soigner les enfants ; elle demanda à Annette Domerc : « Pourquoi se taisent-ils ? » Cette fois, elle reçut la réponse, sans retard et brutale : « Vous ne savez donc pas que tout est vendu ? Il n'y a plus de chez vous. Votre homme est parti. Il a pris la route de Vendée. Et il a emmené les enfants. » Parti ! Emmené ? Où étaient-ils ? Personne ne put le dire, ni le maire, ni le curé, ni l'abbé Hourtier, qui n'avait reçu aucune lettre de Louarn.

Alors Donatienne fut prise de désespoir. Elle eut une douleur passionnée et violente. Elle rompit avec son amant qu'elle accusa, sans le savoir, mais sans se tromper non plus, d'avoir supprimé les dernières lettres de Louarn ; elle refusa de manger ; elle pleura toute une semaine, ne cessant de répéter : « Noémi, Lucienne, Joël ! » On voulut bien la supporter, parce qu'elle était adroite, vive dans le service, et qu'elle avait été la nourrice du petit mort. Mais bientôt sa santé déclina, et un après-midi de novembre, elle fut conduite à l'hôpital, en toute hâte. Le médecin avait reconnu une fièvre muqueuse. Trois jours plus tard, la jeune femme qu'elle avait servie envoya prendre de ses nouvelles, et dit à quelques amies, réunies avant le dîner : « Cette petite que j'avais, vous vous souvenez, la Bretonne ? Eh bien ! elle est très mal ; elle a eu quarante et un degrés le lendemain de son départ d'ici... Elle était gentille, n'est-ce pas ? Et puis très sage, très bonne mère : c'est même de trop aimer ses enfants qu'elle meurt... Un mari ivrogne, probablement, qui les a emmenés au loin, et qui la laisse sans nouvelles... Triste, n'est-ce pas ? »

Donatienne faillit mourir, en effet. Elle se remit très lentement. Quand elle sortit de l'hôpital, elle était si faible qu'elle n'aurait pu songer à entrer immédiatement en place ; si pauvre qu'elle avait seulement de quoi vivre pendant quelques semaines ; si changée, physiquement, que la honte la prit de retourner rue de Monceau, où la place de seconde femme de chambre n'était plus libre, assurément, mais où elle aurait été aidée de quelque façon, recommandée, adressée à quelque amie en quête d'une très honnête fille. Elle ne voulait pas rencontrer, dans cette maison, l'homme qu'elle détestait à présent, et se montrer à lui et aux autres avec ses tempes presque dégarnies de cheveux, avec ses joues creuses et ses yeux qui étaient devenus légèrement inégaux, et qui ne pouvaient fixer les choses sans loucher et chavirer de faiblesse dans l'orbite.

Elle se logea en garni, sans trop savoir ce qu'elle ferait, désemparée, comme tant de gens de service aux lendemains d'hôpital ou de renvoi. Elle eut des idées de retourner en Bretagne, mais comment aurait-elle trouvé à vivre dans le pays de Plœuc ? Quel moyen de gagner dans un coin si pauvre, et d'ailleurs si mal disposé pour elle, depuis que Louarn était parti ?... On l'aurait fait souffrir, oui, durement... Elle souffrait tant déjà, et sa mélancolie foncière d'enfant des côtes bretonnes était devenue une douleur si précise ! Une tentative qu'elle fit pour se réconcilier avec ses parents, les pêcheurs d'Yffiniac, échoua, quand elle eut avoué qu'elle ne rapporterait à la maison aucune économie ni aucun métier. Et la misère recommença de s'approcher. Avant que les forces fussent revenues, Donatienne risqua ses derniers vingt francs dans un bureau de placement, entra dans une nouvelle place, chez une femme du monde qui avait deux filles à marier. Elle ne put y rester, parce qu'il fallait veiller tous les soirs. Le garni la reprit, et le total désespoir, et bientôt la vie mauvaise.

Elle ne cherchait plus à plaire et à briller : elle avait peur de mourir de faim. Alors, sans entraînement, avec moins de résistance que la première fois, fermant les yeux, honteuse et résolue comme si elle se fût jetée dans le fleuve, elle « se mit » avec un autre homme, selon l'expression populaire, avec un ancien cocher, riche, brutal et buveur, qui se retirait du service, et cherchait à acheter un fonds de commerce. Il acheta, comme toujours, un café, et chargea Donatienne de faire réussir l'entreprise. Depuis six ans, ils vivaient ainsi maritalement, considérés, dans le quartier de Levallois, comme mari et femme. Elle s'occupait du ménage et de la cuisine, servait les clients, sauf le matin, pendant une heure qu'elle employait à courir le quartier et à acheter des provisions ; elle tenait les comptes ; elle reprisait le linge aux moments libres. Le café réussissait, grâce à l'activité de Donatienne, à son esprit d'ordre, à l'espèce d'autorité qu'elle exerçait naturellement autour d'elle, et à l'habitude qu'elle avait et qui séduisait la clientèle du faubourg, de toujours parler poliment. Ce Bastien Laray, avec lequel elle vivait, ne l'aidait guère. Il était toute la journée dehors, sous prétexte de réapprovisionner les placards et la cave, et même de chercher une place de chauffeur, qu'il eût été navré de rencontrer. Il avait mieux. Il avait sa retraite. Il rentrait ivre deux fois sur trois. Donatienne le menait parce qu'elle était plus intelligente que lui, mais, avant de céder, il la battait, parce qu'il était le plus fort. Ils ne s'aimaient pas. Ils n'étaient pas dupes l'un de l'autre. Mais ils n'auraient pas su comment se fuir et comment vivre ensuite. Tout ce soin, toute cette peine, toute cette patience que les mères et les femmes aimées retrouvent en reconnaissance émue, dans la tendresse de leurs enfants ou de leur mari, Donatienne les dépensait sans connaître en retour la douceur d'un remerciement, sans un rêve d'avenir, sans la paix qu'elle n'avait jamais pu fixer en elle.

 Elle avait essayé d'avoir la paix, ou du moins le silence et le vide dans son âme. Elle s'était appliquée à chasser ces souvenirs de religion et ces reproches de conscience qui renaissent de plus en plus faibles, comme les rejetons d'une racine coupée au ras de la lumière. Et elle en avait à peu près triomphé. Dans sa vie quotidienne, constamment occupée et amusée, dans le mouvement et le bruit qui l'enveloppaient, elle trouvait des moyens d'écarter l'image importune du passé. Quelquefois seulement, l'irrésistible besoin de tendresse maternelle la saisissait, et la brisait, et la laissait sans force contre l'approche de tout le reste, contre les choses et les gens qu'elle croyait oubliés. Alors, elle cherchait à s'étourdir, elle causait avec les clients, elle jouait aux cartes avec eux, ou même, confiant à une voisine la garde du café, elle sortait, et elle allait, seule ou avec son amant, à travers les rues de Paris, dans la foule. Un des arguments dont elle se servait alors, au plus secret de son cœur, pour combattre de pareils orages, c'était l'impossibilité où elle se trouvait de remplir aucun de ces devoirs qu'elle avait abandonnés, de savoir même si ses enfants et son mari vivaient encore. N'avaient-ils point succombé, père ou enfants, peut-être tous, à la misère errante qui est plus dure que l'autre ? Sept années entières sans nouvelles, sept années...

Et voici que, subitement, elle apprenait qu'un Joël, un petit de l'âge de son petit, et qui venait de Bretagne, avait été aperçu dans la Creuse... Elle ne pouvait savoir si c'était son enfant. Mais cela suffisait pour que la trêve fût rompue. L'idée des abandonnés reprenait possession de cet esprit qui avait pu la chasser à moitié. Elle rentrait avec le nom de Joël. Le doute, l'inquiétude, les accusations auxquelles Donatienne ne trouvait plus rien à répondre, tout cela revivait. « Pour rien ! pensait Donatienne, en marchant vite dans la brume ; je me tourmente pour rien !... Est-ce qu'il n'y avait que mon enfant à porter ce nom-là en Bretagne ?... Et puisque le maçon a vu deux garçons et une fille dans le courtil entouré de peupliers, ce n'est pas ça... Non, ça ne peut pas être les miens. D'ailleurs, le père, comme je le connaissais, a dû mourir de la peine que je lui ai faite... Mon homme a dû mourir... »

Les fournisseurs chez lesquels elle passa lui trouvèrent des yeux de rêve, et elle ne s'arrêta point pour causer. « Madame Donatienne a quelque chose, pour sûr », dirent la boulangère, la marchande de légumes et la pâtissière, une dame véritable, et qui avait une fille que Donatienne regardait toujours, à cause de ses yeux compatissants à la vie inconnue... Mais qui pouvait deviner la cause de son trouble ? Personne ne devina.

Quand reviendrait-il, ce maçon ? Pas avant quatre mois. Il avait donné des détails singulièrement voisins de la vérité, avec d'autres qui faisaient douter...

Donatienne resta dehors plus longtemps que de coutume. Quand elle rentra, le café était à moitié plein, Bastien Laray était assis dans l'espèce de chaire, protégée par une glace de verre, où elle s'asseyait l'après-midi. Il lui fit un sourire aimable, qu'il ne prodiguait pas, et, l'appelant à voix basse, et avec ce clignement d'yeux qui faisait dire, dans le quartier : « C'est un bon ménage », il lui demanda :

– Ça t'a paru court, ta sortie ?... Il est venu du client, comme tu vois ; je l'ai servi à ta place... Es-tu mieux, au moins, après ta promenade ?... Non ?... Tu m'en veux encore ?... Nous irons ce soir au théâtre, dis ?...

Le bruit d'un sou frappant le marbre interrompit ce commencement de plaidoyer. Bastien Laray, comme s'il avait donné un ordre, répondit tout haut :

– Voyez au 15 !

Et il alla lui-même recevoir le prix d'un verre de bière.

La jeune femme monta les deux marches qui conduisaient à l'estrade. Et les clients qui la connaissaient l'observèrent, les autres aussi, moins longtemps. Le jour se traîna et finit dans la brume. Les chevaux, devant la porte, glissaient comme par temps de neige. La fumée, rabattue par le vent, plongeait en tourbillons dilués et reconnaissables, jusqu'à la hauteur des vitres, et c'était elle que regardait Donatienne, quand elle relevait la tête de dessus son livre de comptes.

Elle se disait : « Ce n'est pas cela que j'aurais dû lui dire, à ce maçon de la Creuse qui est venu ce matin. J'aurais dû le questionner davantage... Où le retrouver à présent ? » Le trouble et le tourment s'étaient mis dans son cœur. Comment n'avait-elle pas insisté, pour avoir le nom du village où habitait Joël ou d'un village voisin ? Elle aurait écrit aux enfants. La surprise, l'émotion, la rapide désillusion l'avaient empêchée de faire ce qu'il aurait fallu... Mais non... Est-ce qu'elle pouvait écrire aux enfants ? Qu'aurait-elle dit ? Quelle excuse pour les avoir abandonnés ? Et s'ils vivaient, si c'étaient là Noémi et Joël, n'auraient-ils pas eu la tentation, ou l'ordre de lui répondre durement, comme à une mère indigne ?... Oh ! non, pas de lettres. C'était bien comme cela, tout compte fait... Mais il fallait attendre,... des mois... Et après, quand elle aurait beaucoup souffert de cette attente, qu'apprendrait-elle ? Peut-être rien !... Cet homme n'était-il pas un imposteur ? Un mauvais plaisant envoyé par quelqu'un qui savait qu'elle avait été mariée, et qui voulait lui faire avouer le crime de sa vie ?... Cependant, il avait l'air très simple... Il n'avait ri à aucun moment... Il semblait même un brave homme, sauf peut-être cette audace qu'ils ont avec les femmes comme elle, un peu jeunes, et jolies encore.

Lasse infiniment, elle songeait : « Je voudrais que cela fût vrai, dussé-je être privée d'eux toujours ; je voudrais savoir qu'ils vivent, qu'ils sont beaux, et où ils sont... »

X Le théâtre

Le soir, après le dîner pris dans l'arrière-boutique, elle s'habilla, et elle avait belle allure, malgré la fatigue du visage, avec son chapeau à plumes roses et noires, et son tour de cou de fourrure grise ; elle marchait bien ; elle avait de petites mains dont la peau, tachée et entaillée par le travail, disparaissait sous des gants. L'homme l'entraîna, rapidement. Les voisines qui ne perdaient aucun incident de la rue, pas plus qu'en province, dirent : « Les voilà encore partis pour le théâtre, je parie. Ils gagnent gros. Mais c'est elle qui lui fait dépenser tout cet argent-là. Elle n'aime que s'amuser. »

La cravate épinglée d'un faux brillant, la jaquette bombée sur la poitrine, l'air vainqueur et insolent, Bastien Laray marchait près de Donatienne. Il cherchait à réparer l'effet désastreux de ses brutalités du matin ; il avait aperçu clairement que cette Donatienne avait dit vrai dans un moment de colère, qu'elle le quitterait sans même avoir besoin d'une raison... Ils prirent le train, et furent bientôt sur les boulevards. Il était près de neuf heures.

Dans la salle illuminée, quand ils entrèrent, la pièce était commencée. On riait. Les mêmes mots avaient mis la même expression sur le visage des quelques spectateurs de l'amphithéâtre, qui durent se lever pour laisser Donatienne et son amant prendre chacun sa place, au premier rang, vers le milieu. Lui, il était déjà à l'unisson. Elle désirait s'y mettre, pour échapper à l'obsédante pensée qui la suivait depuis le matin. Elle aimait le théâtre. Elle avait dépensé beaucoup d'argent sur ses gages, du temps qu'elle était domestique, pour « rire aux comédies », comme elle disait. Et l'assurance avec laquelle elle passa, la première, le visage levé, la lèvre entrouverte et murmurant : « Pardon », le geste avec lequel elle ramena sa robe à gauche, s'assit, et, sans regarder les acteurs, commença par lorgner la salle, indiquaient la longue fréquentation.

Bientôt, elle s'accouda sur la rampe de velours rouge, et tendit son esprit vers cette scène, tout en bas, d'où montaient les mots qui devaient faire rire. Mais on eût dit que ce qui venait vers elle, ce n'étaient que des enveloppes de mots vides de sens, des sons vagues, et qui ne la touchaient pas ; il y en avait d'autres au contraire, que personne ne prononçait, que personne ne savait, et qu'elle entendait rouler comme des vagues au dedans d'elle-même : « Noémi ! Lucienne ! Joël ! » Elle ne pouvait pas ne pas les entendre, ces mots qui portaient avec eux tout le drame de sa vie, pas plus qu'avec la main elle n'eût empêché de jaillir une source d'eau. Le théâtre ne la délivrait pas d'elle-même. Elle regarda l'orchestre, les loges, les toilettes... Mais le trouble profond de son cœur ne s'apaisait plus. Elle sentait, au contraire, grandir sa peine, de tout le contraste que formaient avec elle ce décor et cette foule. N'en pouvant plus, elle se tourna du côté de son amant. Elle voulait lui dire : « Emmène-moi ! » Et, de l'autre côté de Bastien Laray, avant même d'avoir ouvert les lèvres, elle aperçut, assise dans une stalle d'amphithéâtre, une femme de menue condition, comme elle, jeune, la joue en fleur, et qui était venue avec son enfant, un bébé de deux ans peut-être, qu'elle tenait pressé contre elle, poitrine contre poitrine. La tête blonde pendait et dormait sur l'épaule de la mère. Un souffle régulier soulevait le petit corps, qui parfois, dans un rêve, s'agitait, puis retombait.

Comme la femme était près de la balustrade, et qu'elle paraissait uniquement attentive à la pièce qui se jouait, Donatienne pensa : « Si elle lâchait l'enfant ! Si elle desserrait seulement les bras ; il coulerait dans la salle, et s'y briserait ! Comme il est joli, cet innocent ! » Elle le regarda longtemps, si longtemps que la mère finit par la remarquer. Les deux femmes comprirent qu'elles étaient mères l'une et l'autre. Donatienne n'alla pas au-delà d'un sourire triste ; mais elle en vint à penser que si elle tenait ce petit sur ses genoux, elle en aurait une douceur de cœur. Elle n'osa pas le dire. L'autre s'absorba de nouveau, les yeux fixes, dans le spectacle qui se jouait en bas, sur les planches. Donatienne, cependant, demeura à demi tournée du côté de l'enfant, et elle se sentait pâlir, comme si la source de sa vie était atteinte. Le théâtre, les mots, les rires, que c'était loin ! L'homme qui assistait à cette comédie, et qui ne se doutait pas de ce qui se passait tout près de lui, comme il lui paraissait bien étranger à elle-même, et comme il l'était en effet ! Ce qu'elle voyait, c'étaient les dernières images que la vie commune lui eût laissées, les images qu'elle repoussait depuis des années, âprement victorieuses ce soir, et ravageant son âme. Elle voyait la maison de Ros Grignon, au sommet de la butte pierreuse, le champ de sarrasin et le champ de seigle qui faisaient deux bandes claires, au bas de la colline, et au-delà, la lande et la forêt qui chantaient dans le vent ; elle voyait la chambre avec le lit et les berceaux, avec la porte qui ouvrait sur l'étable ; elle voyait les trois enfants qui l'enveloppaient, quand elle rentrait des champs. « Mes bien-aimés, où êtes-vous ? Est-il vrai que vous viviez ? »

Tout avait été vendu. Oui, et d'autres cultivaient les pauvres champs où Louarn avait usé ses bras. C'était bien fini. Et Donatienne ne souhaitait pas reprendre la vie d'autrefois. Mais, dans cette salle de théâtre, là, tout en haut, folle qu'elle était, il lui parut, plus sûrement que jamais, qu'en se séparant de ses enfants, elle avait rompu avec une joie infinie, une joie durable, qu'elle était autrefois trop jeune et trop légère pour comprendre. À présent, elle eût été sans défense contre les petites mains, les bras, les yeux, les lèvres de ces trois bien-aimés qu'elle avait connus autour d'elle. « Oh ! les petits, les petits, comment les mères peuvent-elles vous quitter autrement que par la mort ? Quelle folie m'a prise d'aller me louer à Paris ? Quelle autre folie de rester, quand j'étais libre de revenir !... La caresse de vos mains me manque, et le poids de vos corps sur mes genoux. Je souffre ! » Elle souffrait si évidemment que Bastien Laray, s'étant retourné, la face réjouie et lourdement épanouie, demanda :

– Tu ne ris pas, Donatienne ?
– Non.
– Tu n'entends donc pas ?
– Non.
– Je ne t'ai pas payé ta place pour que tu aies des airs pareils ! Qu'est-ce qu'il te faut ?

La voisine, ayant entendu les reproches, regardait du côté de Donatienne, et balançait lentement, calmement, son jeune buste souple, qui berçait l'enfant. Elle vit les mains gantées se tendre à demi vers elle, incertaines, hésitantes ; elle entendit :
- Madame, si vous vouliez me le donner à bercer ?
- Cela vous ferait plaisir ?
- Cela me ferait du bien : je n'en ai plus, moi...
Elle était si pâle que la femme vit qu'elle disait vrai, et qu'elle eut pitié.
- Tu es ridicule, Donatienne ! fit l'amant.

Mais la femme, doucement, avait pris l'enfant, et, derrière le dos de l'homme qui protestait, à la joie des voisines, au scandale des voisins qui disaient : « Chut ! les femmes ! » elle le tendait à Donatienne, avec une petite peur cependant. Et, quand elle eut lâché la robe bleue et blanche, elle ne fut plus maîtresse à son tour d'écouter ni de regarder la scène, et elle eut un regret. Sans cesser de sourire, par politesse, elle jetait souvent les yeux du côté de Donatienne. Celle-ci avait couché l'enfant sur ses genoux, et l'entourait de ses bras ; maternelle, immobile et pliée comme un berceau, elle le regardait dormir. Un frémissement l'agitait, et elle ne pouvait le calmer, non de plaisir, comme elle l'avait cru, mais de chagrin et de remords plus profond...

Les acteurs achevaient la pièce. Le rideau se baissait.
- Assez de bêtises ! dit l'homme. Rends le gosse, et partons !

Elle ne répondit pas, leva le petit corps chaud jusqu'à ses lèvres, hésita un moment comme si elle avait honte et se jugeait indigne, puis, rapidement, elle baisa la joue rose, qui se plissa sous le baiser.
- Merci ! dit-elle en remettant l'enfant à sa mère.
Elle partit avec Bastien Laray.

Il était une heure du matin quand ils rentrèrent dans le petit appartement de Levallois, au-dessus du café. L'homme, las et mécontent, se coucha presque sans mot dire. Donatienne se déshabilla lentement ; elle perdit du temps, avec intention, à tourner dans sa chambre ; elle eût voulu, ce soir-là, s'étendre sur le tapis, ou dans un fauteuil. Quand elle vit que son amant dormait, elle se coucha, à son tour ; mais elle s'écarta de lui le plus possible, et, dans la nuit, elle pleura.

Un regret avait donc passé dans la vie de Donatienne. Mais aucun grand changement ne suivit cette souffrance. Elle s'atténua même, comme les autres, avec les semaines. Personne ne connut le secret. La mère s'appliqua à combattre les imaginations qui lui venaient, et à se dire qu'il n'y aurait point de retour de ce messager qui l'avait tant troublée.

L'hiver passa. Mars commença à déchirer les nuages d'hiver. Chaque matin, Donatienne, en ouvrant la devanture du café, cherchait l'homme qui avait promis de revenir.

Il n'était pas là. Elle avait, malgré elle, une déception. En allumant le feu, en mettant à bouillir le café, elle songeait invinciblement à ceux qu'elle avait délaissés. Et sa plus vive tristesse, c'était de ne pouvoir se les représenter tels qu'ils devaient être maintenant, les enfants qui étaient sortis d'elle. Ils ne la regardaient point. Ils n'avaient point de sourire. Ils étaient sans voix. Quelle façon auraient-ils eue de la nommer ? Quelle taille avaient-ils, et quels vêtements ?...

Cela la torturait jusqu'à l'arrivée des premiers clients, qui la sauvaient de sa misère d'âme.

Le mois de mars continua de traîner ses jours.

XI Celui qui passe

Il y avait, loin de Paris, plus loin encore de la Bretagne, une plaine où la terre était toute parsemée de collines et de vallons. Du côté du nord, un haut plateau tombait presque à pic dans la vallée, et la fermait. De moindres hauteurs s'en détachaient, à l'est et à l'ouest, pour enserrer cette plaine en corbeille, verte au printemps et couleur d'osier sec lorsque l'été avait passé. On pouvait juger combien elle était vaste, à la lenteur des nuages que le vent poussait au-dessus. Quand le vent ne soufflait pas en tempête, ils mettaient une demi-journée à disparaître. Les pâtres, habitués à la contempler, avaient des yeux de songe. Ils menaient des troupeaux de moutons et de porcs à travers les landes du plateau, où des étangs peu profonds luisaient parmi des bruyères et des seigles. Les villages, dans la plaine, étaient distants les uns des autres. Lorsqu'il faisait beau, on les reconnaissait de loin, non pas à la pointe de leur clocher, car les églises avaient de petites tours carrées, mais au rouge de leurs toits de tuiles. Centre des terres françaises, région emprisonnée dans tant et tant de terres, que jamais ni le vent de l'océan, ni celui des grandes montagnes n'y atteignaient sans s'être brisé les ailes ; région où l'été cuisait le froment encore laiteux, et séchait souvent les fruits dans leur verdeur.

Non loin de l'entrée de la plaine, la route, après avoir descendu, remontait, puis descendait encore, et, au bas de la seconde descente, passait à quelques mètres d'une maison de pauvres : deux chambres sous un toit de vieilles tuiles, crevassées, disjointes, recouvertes d'une couche de poussière et de feuilles mortes, dont les saisons variaient l'aspect. Dans l'enclos, quelques planches de choux et de carottes, une mare, un peu plus loin un puits, quelques plates-bandes étroites, semées de giroflées. Tout autour de ce mince domaine, qui avait la forme d'un coin, une haie vive se tordait, épaisse, emprisonnant quelques troncs de peupliers, coupés à six mètres du sol, et qui donnaient du bois de fagot : c'était tout. Au-delà, les prés, les blés, les trèfles couvraient la terre de leurs larges rayures. Il n'y avait pas de construction voisine ; seulement, un chemin de moyenne grandeur, embranché à l'angle de la haie, conduisait au village qu'on devinait à droite, parmi les arbres des vergers, à un demi-kilomètre.

Le vingt mars, la journée était froide ; le vent soufflait du plateau violet, et, au-dessus de la plaine, entraînait un lourd tapis de nuages qui semblait ne point avoir de fin. Depuis plus d'une semaine, le nuage glissait vers le sud ; quelquefois seulement, par une fissure de ce plafond, une averse de rayons tombait et faisait fulgurer un coin de campagne, où s'enlevaient en clair les plus petits détails, un troupeau, une voiture en marche, le dessin des fossés et des talus, le coq d'or d'un clocher ou d'une girouette. On voyait alors, à la couleur tendre des prés et des groupes d'arbres, que le printemps était commencé, et qu'il y avait des bourgeons aux branches. Le vent ni le ciel ne l'eussent dit. Le vent sifflait, et, dans le maigre enclos, au bord de la route, faisait claquer le linge qu'une enfant étendait. Elle l'avait lavé dans une mare dont la canetille était encore divisée et cherchait à se joindre en une nappe uniforme, là, au bout du jardin, du côté opposé à la route, et, à présent, l'ayant mis sur une brouette, elle prenait, pièce par pièce, les chemises, les mouchoirs, les culottes d'enfant et les torchons, et, les déployant, les fixait, avec des pinces de bois, le long d'une corde tendue devant la maison, dans le sens des rangées de choux jusqu'à la grande route. Les chemises, gonflées, battaient l'air de leurs bras ; les carrés de toile se ridaient, ondulaient et claquaient. L'enfant, grave, continuait son travail, qu'elle avait commencé par l'extrémité de la corde, près du seuil.

Elle n'était pas grande, mais elle était svelte et bien faite, et fine assurément, plus qu'une paysanne ordinaire. Quelqu'un à ce moment la regardait avec attention, quelqu'un qu'elle ne voyait pas, un homme vêtu en ouvrier, d'un complet mal ajusté en gros drap foncé à côtes, coiffé d'un melon râpé, et qui portait sur l'épaule, au bout d'un bâton, un paquet volumineux, noué dans une blouse blanche. Il arrivait du fond de la plaine, et la boue couvrait ses gros souliers de cuir brut. Il marchait contre le vent. Sa figure était rouge, et ses yeux pleuraient, à cause de cette piqûre de l'air. En apercevant la petite, cent mètres avant le jardin, il avait ralenti la marche, et il approchait à petits pas, s'arrêtant souvent pour reprendre haleine, comme un homme très las. Il l'était un peu ; il voulait surtout observer cette maison, ce jardin, les gens qu'il y trouverait. Et il tâchait de ne pas être trop tôt remarqué par l'étendeuse de linge.

Celle-ci ne pensait qu'à sa besogne. Elle allait, venait, se baissait, se relevait, et cela empêchait le voyageur de distinguer le visage, tantôt détourné, tantôt caché derrière une pièce de linge, ou par les bras qui tendaient l'étoffe. Elle avait une jupe courte laissant voir une paire de sabots, et, sur des jambes toutes menues, des bas qui avaient dû être rouges, mais qui étaient, à présent, d'un rose éteint et tout rapiécés. La jupe était noire, comme le corsage, et par devant, l'enfant portait un tablier de coton bleu qu'elle avait mis pour faire sa lessive, et qu'elle n'avait pas quitté, bien qu'il fût tout mouillé et recroquevillé en un paquet. L'homme, quand la distance ne fut plus que d'une quinzaine de pas, s'arrêta au coin de la haie qui tournait autour du jardin, et, sur son visage placide, l'émotion marqua sa trace. Elle tira en bas les coins des lèvres lourdes et gercées. Il reconnaissait l'enfant qu'il avait vue de loin et assise, un an plus tôt ; elle se rapprochait de la haie vive et par conséquent de la route ; elle était fine de traits comme de corps, avec des yeux sombres, des cils longs, une bouche toute petite,... comme celle de Donatienne, et le teint pâle, et le menton pointu, et l'air triste et réservé. Le vent ramenait par devant ses jupes, et quelques mèches de cheveux ; mais l'édifice des cheveux bruns, couleur de châtaigne cuite, était solide, et relevé en petit casque. Elle eût paru une demoiselle de ville, sans ses vêtements de pauvresse. Rien ne bougeait dans l'enclos de quelques ares... Si,... un gamin de cinq à six ans, là-bas, dans l'encadrement de la porte de la maison.

Le maçon se rappelait la promesse qu'il avait faite, de parler, au retour, à ces gens qu'on disait venus de loin, et de rapporter des renseignements. Il allait prendre le train là-haut, sur le plateau, pour Paris, Quelques mètres le séparaient à peine de la petite qui étendait une grande chemise de coton, à

carreaux, que la brise froide souffla aussitôt et gonfla. L'homme toussa, pour s'annoncer. L'enfant frissonna, se recula, tenant encore l'une des pinces de bois qu'elle voulait poser sur la corde, et, ayant regardé dans la route, par-dessus la haie, découvrit le passant, qui avait déposé son paquet de hardes au bord du fossé, et qui, du revers de sa manche, s'essuyait la figure. Il n'avait pas l'air méchant. Elle était chez elle, de l'autre côté de la haie. Elle demeura. Il tâcha de se faire une voix douce :
– Est-ce qu'il y aurait moyen, ma petite, d'avoir un verre de vin ?

Cela lui parut bien trouvé. Elle répondit :
– Il n'y a que de l'eau chez nous.
– Eh bien ! un verre d'eau, car j'ai soif.

Avant de répondre, elle s'assura encore qu'il n'avait pas la mine d'un chemineau dangereux, et regarda du côté du village. Puis, sérieuse toujours, et vive de mouvement :
– Je vais vous en donner.

En une minute, elle eut couru à la maison, puisé de l'eau dans la seille, et elle reparut, portant, au bout de son bras, un verre plein, dont l'eau en mouvement jetait des éclairs bleus.
– Elle est bonne, dit-elle, et fraîche, vous allez voir.

Il souleva son chapeau, but d'un trait, secoua le verre, en le tendant par-dessus les épines.
– Je vous remercie, dit-il, mademoiselle Noémi !

Elle prit le verre, puis demeura immobile. L'étonnement grandissait en elle. L'expression grave de ce très jeune visage devenait hostile, ou inquiète.
– On ne m'appelle guère mademoiselle ; mais je suis Noémi, en effet. Comment le savez-vous ?
– Je vous ai vue, l'an dernier, quand je passais pour aller faire ma saison à Paris. Vous ne vous rappelez pas ?
– Non.
– Un de mes camarades m'a indiqué la maison : « Ce sont des gens qui ne sont pas du pays, qu'il m'a dit. C'est venu de loin. Il y a un gosse qui a nom Joël. » Est-ce vrai ?
– Oui.

– C'est lui, là-bas ?
– Non. Celui-ci, c'est Baptiste ; Joël est avec le père, à la carrière.
– Combien en tout ?
– Quatre.
– Tant pis !
– Qu'est-ce que cela peut vous faire ? dit-elle, rassurée sans savoir pourquoi, et riant d'un rire frais.
– Ce n'est pas mon compte, fit l'homme en hochant la tête, et se parlant à lui-même. Tant pis !
– Allons, continuez votre route, à présent, dit la petite en se remettant au travail ; j'ai la fin de ma lessive à étendre ; si on me voyait m'amuser, j'en aurais, une secouée !

Le maçon avait souffert, comme d'une déception personnelle, de cette réponse : « Nous sommes quatre. » Voilà donc ce qu'il rapporterait à la patronne, là bas, à l'ardente, et jolie, et si maternelle hôtesse du café de Levallois ! Il la vit en imagination pleurer, et dire : « Pourquoi êtes-vous venu ? Avant de vous avoir vu, je n'avais pas d'espérance, et voilà maintenant que vous me l'ôtez. » Il avait une âme facile à toucher, et naïve. Il considéra l'enfant qui le regardait encore, soupçonneuse, étendant d'autres pièces de linge sur les choux, car il n'y avait plus de place sur la corde. Et la ressemblance était si grande, entre la physionomie de cette petite, et l'autre, qu'il se rappelait, qu'il ne releva pas le bâton, ni le paquet de hardes vers lesquels il s'était déjà baissé pour partir.

– Faut pas vous fâcher, petite Noémi, ni croire que je suis comme ces chemineaux qui causent avec tout le monde, par-dessus les haies, et qui n'ont pas toujours de jolies histoires dans leur vie. Moi, je suis du pays ; je suis de Gentioux, et on m'y connaît pour être d'une famille de bonnes gens... Si je vous ai parlé... Revenez donc, que je vous dise ?

Elle fit trois pas, tenant encore un carré de toile entre les mains pendantes.

– C'est que j'ai vu à Paris, quelqu'un qui était, je crois bien, de vos parents...

– Je ne m'en connais pas, dit Noémi. Est-ce un homme ?

- Non.

Elle s'était dressée sur ses sabots, pour mieux voir le voyageur ; elle avait la bouche entrouverte, et les ailes du nez toutes blanches d'émotion. Le passant songea : « Elle sait quelque chose ! » Et il vit que les mains avaient laissé tomber la toile. De l'autre côté de la haie, tout près de lui, la petite, avec un accent passionné, demanda :
- Elle est donc vivante ?
- Voyons, fit l'homme, qui comprit que le chagrin ou la joie avait une large prise sur l'enfant ; voyons, avant de vous dire ce qui en est, il faut que je sache plusieurs choses. Ne vous en allez pas comme cela ;... n'ayez pas les mains tremblantes... Vous disiez quatre enfants ?
- Oui, Baptiste, le dernier, et, en remontant, Joël, Lucienne et moi. Ça fait quatre.
- Un de plus qu'on ne m'avait dit. Vous êtes venus de Bretagne ?
- Oui. J'avais plus de cinq ans. Je me rappelle, moi : j'allais à pied ; les autres dans la voiture à bras.
- Vous avez votre mère, ici ?

La petite fronça le sourcil, et hésita avant de révéler ce qu'elle avait caché au plus profond de son âme. Elle s'assura, encore une fois, que le visage de ce passant était vraiment ému ; qu'elle avait devant elle un bon homme, puis, penchée, rapide de parole, et femme et enfant à la fois :
- Il y a la mère de Baptiste, monsieur. Mais ce n'est pas ma mère à moi. La mienne, il paraît qu'elle a laissé vendre notre bien, en Bretagne, qu'elle n'a pas voulu revenir ; elle était partie pour nourrir un enfant de riche : on ne l'a jamais revue.
- Comment s'appelait-elle ?
- Donatienne.
- Alors, je l'ai vue ! dit l'homme.
- Oh ! qu'est-ce que vous dites là ? Vous l'avez vue ?
- Oui, je lui ai même parlé.

Elle se mit à pleurer, silencieusement, en levant les yeux ; les larmes coulaient et elle regardait au-dessus de l'homme, vers le haut des arbres, où devait flotter l'image de celle qui s'appelait

Donatienne... Puis elle abaissa les paupières, et elle sanglotait, et elle continuait de sourire à la vision.
— Dites, monsieur, est-ce qu'elle a parlé de moi ?
— De tous.
— Elle ne nous a pas oubliés, comme ils disent ? Je le savais bien... J'en étais sûre... Je l'aimais... Est-ce qu'elle est vieille ?
— Non pas ! belle femme encore.
Il pensa : « Vous serez, vous êtes sa jeunesse renouvelée. »
Il dit seulement :
— Qu'est-ce que vous voulez ? Quand je lui ai raconté qu'il y avait un Joël dans le pays, elle a voulu en savoir plus long ; je lui ai appris tout ce que je savais ; elle a crié : « Je suis leur mère... » Peut-être que pour pas grand-chose, pour une permission qu'on lui donnerait, elle lâcherait tout à Paris, et qu'elle reviendrait...
— Ah ! Dieu ! non, qu'elle ne vienne pas ! dit la petite, effrayée : dites-lui bonjour pour moi, Noémi ; dites que je l'ai vue dans mes rêves ; dites que je la nomme dans ma prière, — les autres, c'est trop petit, n'est-ce pas ? — mais qu'elle ne revienne pas !... Je le voudrais bien... Eux, ils ne voudront jamais !
— Qui ?
Elle répondit, ardente, tragique comme Donatienne :
— Mon père, et l'autre. Quand ils parlent d'elle, ils demandent qu'elle meure, ou bien ils assurent qu'elle est morte, et ils sont d'accord pour en dire toute espèce de mal, et moi, qui ne veux pas appeler l'autre « maman », ils me font des scènes, et elle voudrait bien me battre, si elle le pouvait... On n'est pas bon pour moi tous les jours, vous pouvez bien le rapporter à maman Donatienne... Oh ! monsieur, je ne vais plus penser qu'à elle... Mais je ne dirai pas que je sais qu'elle vit. Non, je vous jure que non. Dites-moi où elle habite ?...
Il écrivit l'adresse sur un carnet mou, usé, serré par un élastique, détacha la page, et la tendit à l'enfant. Noémi regarda encore du côté du village, et répondit :
— Elle revient, la mère de Baptiste ! La voilà ! Vous ne pouvez la voir, mais, moi qui connais le chemin, je sais que c'est

elle... Elle est allée, avec Lucienne, acheter du charbon au bourg... Ne restez pas... Quand le père est monté par elle, il est rude ! Il va revenir, lui aussi, tout à l'heure, de la carrière ;... allez-vous-en, je serais cognée, et vous peut-être...

– Oh ! moi, fit l'homme, je suis tranquille !

Il montra le bâton à terre ; il se baissa, remit sur son dos le paquet de hardes, puis, levant son chapeau :

– Je dirai que j'ai vu Noémi, n'est-ce pas ?

La pauvre enfant était si émue que les larmes venaient trop abondantes, et l'étouffaient. Elle fit signe : « Oui, vous le direz », puis elle montra le chemin du bourg, et, sentant qu'elle était en faute, se courba pour finir d'étendre le linge de la lessive.

Le maçon s'éloigna. Déjà elle se détournait pour le voir monter la côte, en haut de laquelle se trouvaient les roches calcaires et la carrière où Louarn travaillait. Elle suivait, de toute sa jeunesse d'âme, ce messager qui avait apporté un tel secret, celui qui avait vu la mère véritable. Elle oubliait, ayant achevé le travail, de reprendre la brouette et de la remiser sous le hangar. L'homme montait, forme roulante sur la poussière pâle. Le vent froidissait. Le soleil baissait. La grande plaine, déjà triste sous le voile des nuages fuyants, s'enténébrait et perdait ses lointains...

– Qu'est-ce que tu fais là, fainéante ? Qu'est-ce que tu regardes ?

Noémi tressaillit, et se dépêcha de soulever la brouette et de revenir vers la maison. La voix reprit :

– Tu vas être secouée par ton père ! Il va te donner une danse ! Depuis deux heures que je suis partie, ta laverie n'est pas seulement sèche, avec un vent comme ça !

L'enfant était déjà sous l'appentis, et n'écoutait plus. Le vent l'y aidait. Il soulevait les tuiles ; il commençait à siffler dans les branches des peupliers étêtés qui entouraient la maison. Mais Noémi ne pouvait échapper. Une femme tournait le chemin, prenait la grande route, et, tout de suite après le détour, ouvrait la barrière à claire-voie qui divisait en deux la haie vive. Cette femme, qu'accompagnait une fille de onze ans, mince, déhanchée et blonde, était une mégère de corps solide, large d'épaules, et dont les yeux jaunes et perçants semblaient toujours en quête d'un sujet de querelle. Les bras étaient terminés par des mains énormes, qui eussent lutté avec celles d'un homme robuste. C'était celle avec qui vivait Louarn, celle qu'on appelait « la Louarn » dans le pays, celle qu'il avait rencontrée par hasard, dans les premières semaines de l'exil, et qui s'était approchée, un soir que le pauvre errant, au bord d'une route, essayait d'allumer du feu et de cuire le dîner pour les enfants qui criaient. Noémi se le rappelait. Elle était le seul témoin gênant du passé, la seule qui pût dire : « J'ai eu une autre mère, en Bretagne. »

– Fainéante ! reprit la femme, quand Noémi rentra dans la première chambre de la maison. Vas-tu te mettre à faire la soupe, à présent ? La marmite n'est pas sur le feu ! Les pommes de terre ne sont pas épluchées !... Qu'est-ce que tu as donc fait ?...

– J'ai étendu le linge, d'abord, fit Noémi.

– D'abord... D'abord, le père va rentrer, et je lui dirai que tu es une propre à rien !

Lucienne, derrière elle, portait une mesure de charbon dans un sac et des bonnets repassés dans un panier. Elle était suivie de Baptiste, qui écorçait un brin d'osier avec un fragment de verre.

– Maman, dit-elle, voilà le charbon. Mais fais travailler Noémi ! Ce n'est plus mon tour.

La Louarn montra du doigt l'appentis, où se trouvait la provision de pommes de terre, et cria :

– Allons ! fainéante, à la soupe !

Noémi se sentit blessée plus douloureusement que d'habitude. Elle avait dans le cœur la certitude que sa vraie mère n'aurait pas parlé ni agi comme cette femme. Au lieu d'obéir, elle enleva son tablier, et répondit :

– Vous pouvez bien la faire vous-même ! Je vais me sécher, moi, je suis toute mouillée, et j'ai plus travaillé que vous !

L'autre devint pourpre :

– Ah ! mauvaise graine, tu ne veux pas obéir ? Ah ! tu résistes ? Ah ! tu as des paroles contre moi ?

Elle se baissa, saisit son sabot par la bride de cuir, et le lança violemment dans la direction de Noémi. La petite fut frôlée par la semelle de bois, qui alla heurter le mur du fond de la pièce, et retomba sur la terre.

– Voilà pour t'apprendre ! avait crié la Louarn.

Ces mots sonnaient encore dans la chambre, mêlés aux cris de peur de Baptiste, quand une forme étroite et haute boucha presque entièrement l'ouverture de la porte.

– Qu'est-ce qu'il y a encore ? demanda une voix d'homme basse et voilée.

C'était Louarn.

Le chagrin, l'usure du travail et de l'air, la défiance de soi-même et des hommes, avaient sculpté cette statue de la pauvreté dans le corps ligneux du Breton transplanté. Il était naturellement long de visage, et la mâchoire avait descendu encore et pendait, entrouvrant les lèvres gercées, comme ces gueules de harengs séchés que la mort et le feu ont convulsées. Sans doute, ses lèvres avaient pris l'habitude de se plaindre, et le bas du masque avait gardé l'expression et le geste de ceux qui appellent au secours. Aucune barbe ; des joues plates ; la peau du nez tendue ; de grands trous d'ombre au-dessous des sourcils, des creux faits par la fatigue et les larmes, et, au fond, des yeux qu'on voyait à peine, qui paraissaient bruns à cause de la profondeur d'ombre, mais qui, en pleine lumière, quand par hasard on les voyait bien, étaient la seule note claire de ce visage sombre, des yeux d'un gris de mer presque bleu, de la couleur qu'elle a, lorsqu'elle entre dans les ports de pêche, lasse et striée d'écume. Jean Louarn portait les cheveux demi-longs, coupés au ras du col de sa veste, et ils étaient déteints et rougis par le grand air, comme la peau. Il marchait penché en avant, la poitrine rentrée. Rien n'était plus jeune en lui. Mais il tenait par la main un bel enfant rose de huit ans, Joël, depuis longtemps revenu de cette ferme, aux marches de Bretagne, où il avait été laissé et nourri, et qui passait maintenant la journée dans la carrière avec le père, en haut de la colline.

Tout le jour, et comme tous les jours, Louarn avait travaillé sur cette colline qui se levait à une petite distance de la maison, colline pelée, à peine réjouie par quelques bouquets de chênes mal nourris, dont les branches s'aplatissaient contre le sol, et au sommet de laquelle se dressait, comme un château fort, une crête de roches fauves que la route éventrait par le milieu. Là se trouvait la carrière où, sept années plus tôt, Louarn, en quête de travail et vagabond à travers la France, avait été embauché pour une semaine. La semaine durait encore. Incapable d'apprendre un métier difficile, manœuvre condamné aux besognes où l'esprit n'a point de part, il abattait la pierre, dans une carrière à ciel ouvert, taillée dans cette falaise. À coups de pic, lentement, sous le chaud du soleil, sous le froid du vent en marche, qui venait reconnaître la colline comme un vaisseau reconnaît une île, Jean Louarn attaquait le marbre rouge et jaune, dont les parois, vues de la route, ressemblaient à des tranches de chair. La pierre servait aux maçons du pays. Le métier était dur, le gain médiocre. Heureusement les chômages étaient rares. Quand Louarn descendait vers le village, à la nuit tombante, avec la trentaine d'hommes employés au même travail, rien ne le distinguait de ses compagnons, si ce n'est sa taille anguleuse, sa tête petite, mobile et farouche comme celle des oiseaux de rivage. Les yeux du Breton étaient demeurés inquiets dans le pays des collines calmes, que la tempête laisse à leur place. Ils ne pouvaient se reposer sur aucune chose : ni sur les moissons qui n'avaient pas de ressemblance avec celles du pays de Plœuc, ni sur les étangs qu'on voyait luire, çà et là, sur le plateau, et qui le faisaient trop songer à la mer, ni sur les maisons du bourg voisin, ou les villages moins proches, car plusieurs années d'habitation n'avaient pas suffi à le faire adopter, et Louarn n'était, comme au premier jour, qu'un ouvrier de passage, qu'on tolère, un étranger dont on se défie. Aucun lien ne rattachait là plutôt qu'ailleurs, et rien n'attachait à lui.

 Certes, il y avait longtemps qu'il logeait le chagrin dans sa maison ! Mais cela lui apparut plus clairement que d'habitude, quand il rentra, ce soir de mars, et qu'il les trouva tous en larmes ou criant de colère.

– Allons, dit-il en clignant les yeux pour voir Baptiste qui, dans l'ombre, ramassait le sabot de sa mère : c'est des batteries, encore !
– Elle ne travaille pas quand je la laisse à la maison ! cria la femme... Elle est d'une espèce que je hais, une demoiselle, une écouteuse de chansons, une fille qui ne te fera pas des rentes, Louarn ! Elle n'a pas seulement trouvé le moyen de faire la soupe...
Et, pendant cinq minutes, la voix forte et rude retentit sous les poutrelles enfumées de la chambre, pendant que les quatre enfants et Louarn, immobiles dans le jour presque éteint, attendaient la fin de l'injure que la femme proférait contre la fille aînée.
Quand elle eut fini :
– Dis pardon à maman ! fit Louarn. Et, puisqu'il n'y a pas de soupe, faites du feu, les femmes ; nous attendrons.
La petite fit signe que non.
– Dis pardon ! répéta Louarn.
Un moment de silence encore, et puis, droite, rapidement, Noémi jeta :
– Elle n'est pas ma maman à moi ! Elle me déteste ! Maman s'appelait Donatienne !
– Qu'est-ce que tu dis là ?
Louarn arrêta, de son bras solide, la mégère qui s'élançait pour répondre par des coups, et qui, se voyant empêchée de frapper, se retourna contre Louarn, et l'invectiva.
– Tu me laisses injurier, Louarn ; tu défends ta fille ; j'en ai assez de ta vie de misère, de ce sale pays où il n'y a jamais eu pour nous que de la misère et du mépris ! Qui est-ce qui te regarde seulement ici ? Tu ne dis jamais rien ; tu ne réponds pas ; tu ne te mets pas en avant ; tu es le chien de tout le monde ! J'en ai assez, je m'en irai, je laisserai ta boutique et la vermine que tu y as mise !
– Va donc ! dit Louarn en la lâchant.
Elle répondit très bas, pour elle seule, et, au lieu de s'en aller, frotta une allumette, et l'approcha d'un fagot d'épines. Et tout le monde fut soulagé de voir la flamme s'élever et le silence

se faire, tout le monde, sauf Louarn, qui n'osait plus parler à Noémi, de crainte d'exciter trop violemment la colère de la femme, mais qui avait attiré Joël, et, passant la main dans les boucles brunes du gamin, prenait plaisir à cette tendresse, comme s'il caressait le passé. Il n'avait point changé de figure. Sa main, osseuse et lente de mouvement, lissait les cheveux qui se relevaient en rayons sombres, bordés d'or par la flamme. Noémi, pressée contre la fenêtre, faisait semblant de considérer la nuit, les têtes proches des peupliers, et les nuages courant toujours en nappe fermée, un peu tachée de clarté livide vers le couchant.

Louarn avait le cœur malade. Il pensait à Donatienne.

Mais ce n'était plus le jeune mari amoureux, qui avait tant pleuré, quand Donatienne avait quitté la closerie de Ros Grignon et la campagne de Plœuc, pour se placer comme nourrice à Paris. Il était loin, celui qui, chaque semaine, inquiet pour la petite Bretonne expatriée, se reprenait à espérer des nouvelles qui ne venaient pas ; celui qui défrichait la lande, afin de gagner un peu plus, et d'avoir la maison mieux en fête et plus douce pour celle qui rentrerait ; il était loin, le fermier détaché du sol, dépouillé de son pauvre mobilier qu'on avait vendu pour indemniser le maître, le chemineau sans travail, sans paroisse, sans projet, sans autre idée que la faim, et qu'on avait vu, un matin, prendre avec ses trois enfants le chemin de la Vendée, le chemin par où l'on sort de Bretagne, et par où ceux qui passent ne reviennent pas souvent. Depuis longtemps la colère avait remplacé l'amour. Et Louarn n'avait pas cessé de songer à elle, mais c'était pour l'accuser. Il disait : « C'est elle qui a tout fait. Mauvaise femme ! Mauvaise mère ! » Il lui reprochait ainsi de l'avoir ruiné, de l'avoir abandonné, et réduit à la vie misérable et coupable qu'il menait. Car la foi n'était pas morte en ce fils de la Bretagne, et, bien qu'il eût la conscience diminuée par la durée de sa faute, il sentait encore le besoin de s'excuser à ses propres yeux, et il le faisait en chargeant l'absente, l'infidèle, l'indigne Donatienne... En sa pensée obscure, quand il songeait à cela, tout finissait par se mêler, sa peine et sa faiblesse, et son mot le plus commun c'était : « Je n'ai pas eu de chance ! »

Cependant, comme il n'y a rien de plus caché, même à nous-mêmes, que nos vraies pensées, Louarn avait été content de reconnaître en Noémi une image de l'autre... Par sa fine taille, par ses traits pareils à ceux des poupées de porcelaine, par le son de sa voix, Noémi rappelait beaucoup Donatienne. Mais le cœur n'était pas léger comme celui de la mère...

Ce soir où, brusquement, le nom de celle-ci avait été jeté dans la maison d'exil, Louarn fut plus taciturne encore que de coutume. Après le souper, tandis que la femme écartait les tisons du foyer, grondait Joël et Baptiste qui se couchaient trop lentement dans la chambre voisine, et sortait pour aller fermer à clef la cage des poules et le clapier, il contemplait, avec une fierté qu'il ne pouvait dire à personne, Noémi et Lucienne qui apportaient le linge séché sur les cordes du jardin. Elles pliaient, morceau par morceau, les draps, les serviettes ou les chemises qu'elles avaient jetés en paquet sur leur épaule gauche. Il faisait noir dehors. La salle était éclairée, tout au fond et loin de l'entrée, par une petite lampe fumeuse, et quand, dans cette demi-ombre, Noémi entrait, chargée, à moitié décoiffée, riant parce que ses quatorze ans avaient besoin de joie et s'en créaient là où il n'y en avait pas, Louarn avait la vision claire de celle qu'il venait d'entendre nommer de nouveau. L'intensité du souvenir était telle qu'il regarda, un moment, ses mains, ses pauvres mains qui avaient tant souffert, autrefois, en abattant la lande, pour l'amour de Donatienne, et qu'il dit :

– Elle me poursuivra donc toujours !
– Que demandez-vous ? dit l'enfant, qui s'arrêta de plier un drap.

Elle était si ressemblante, penchée, les yeux brillants, que Louarn se mit à pleurer.

Elle eut envie de lui dire le secret.
Mais elle n'osa pas...

La nuit berça les innocences, les fautes, les colères, les rancunes. La fatigue fut victorieuse, un par un, de ces pauvres que le nom d'une même femme troublait.

Noémi, dans l'arrière-chambre, dans le lit de bois blanc, tout bas et étroit, où elle couchait avec Lucienne, s'endormit la dernière. Elle avait mis sous son oreiller le papier où était écrite l'adresse de sa mère, de la lointaine mère qu'elle entrevoyait encore, quand elle pensait à sa petite enfance. Elle murmurait quelquefois : « Maman, je vous croyais morte... Vous vivez !... Je voudrais vous revoir. Oh ! tant vous revoir !... Mais il ne faut pas... L'autre vous tuerait... Elle est si méchante !... Maman Donatienne, si je pouvais vous avoir là, seulement une petite minute, au bord de mon lit, et vous embrasser !... Ils n'entendraient rien ! »

Elle entendait le vent qui coulait du plateau dans la plaine, et qui travaillait, faisant son obscur devoir d'ouvrier, dans les charpentes, dans les feuilles, dans l'enclos dont il pénétrait et assainissait la terre...

Elle revoyait l'homme qui s'était approché de la haie, l'après-midi ; elle répétait les mots qu'il avait dits ; elle récitait toute la conversation, comme autrefois son catéchisme, demandes et réponses. Où était-il ? Sûrement il avait pris le train pour Paris ; à présent, il était loin, emportant le secret qu'il avait vu Noémi...

XII L'été revenu

L'homme, en effet, à toute vitesse, regagnait Paris. Lui non plus, il ne dormait pas. Étendu sur la banquette de son compartiment de troisième classe, il réfléchissait à ce qu'il devait faire. L'image de Noémi, debout de l'autre côté de la haie, toute jeune, inquiète, puis violemment émue, lui revenait à l'esprit, et il la comparait avec celle de Donatienne, pour mieux affirmer : « Elles sont mère et fille, oui, assurément. » Il se demandait quelles seraient les conséquences de sa visite à Levallois-Perret. S'il y allait, cette mère, qu'il avait vue si frémissante et si passionnée, accourrait dans la Creuse. Rien ne la retiendrait. Il y aurait des scènes terribles, dans la maison du carrier, comme celles qu'il lisait, chaque jour, dans le journal, des « drames de la jalousie ». La petite avait eu raison : il ne fallait pas que Donatienne revînt. Non, c'était le plus sûr. Mais le meilleur moyen d'empêcher le conflit, n'était-ce pas de se taire ? En tout cas, rien ne pressait. La mère n'avait-elle pas la presque certitude que ses enfants vivaient ? Puisqu'elle ne pouvait pas retourner auprès de son mari, et auprès d'eux, ne valait-il pas mieux en rester là ? « Ma foi, conclut-il, je ne risque rien en n'y allant pas. Je ne lui dois rien, à cette femme. Je lui épargne même des ennuis. Je n'irai pas. »

C'était un homme prudent, qui avait déjà du regret de figurer dans un commencement de querelle. Il reprit son travail, et oublia Donatienne.

Et le grand été a reparu sur toute la terre de France. Il chauffe le quartier ouvrier où Donatienne n'attend plus rien de la vie, et cherche à se persuader que ses enfants n'ont jamais été vus par ce client de passage, autrefois. « Celui qui m'a parlé m'a trompé, pense-t-elle, ou bien il a rencontré le Joël d'une autre que moi, et c'est pourquoi il n'est pas repassé par ici. » Elle a conscience qu'elle aurait été capable d'un effort, pour eux, si elle avait su où ils vivaient ; elle se dit qu'il n'y a plus de chance de rien savoir maintenant, et qu'elle est condamnée à vieillir dans cette misère et cette lassitude de tout.

Le soleil chauffe encore les champs de Ros Grignon, où le nom des Louarn n'est même plus un souvenir. Il chauffe la forêt de Plœuc, qui remue sa feuillée immense. Des mouettes égarées viennent, et la regardent vivre, et la prennent pour la mer, à cause des houles et à cause du bruit, et elles hésitent avant de donner le coup d'aile qui les oriente vers la côte.

Il chauffe la plaine où habitent les pauvres qui ont émigré de Bretagne, et la colline où est la carrière. Louarn travaille tout au sommet, les pieds enfoncés dans l'éboulis de terre et de pierrailles, au bas d'une muraille de roches toute droite, haute et jaune, qu'il attaque à coups de pic. Le fer sonne contre l'obstacle, et rebondit. Il fait si chaud, dans cette cuve rocheuse, que les chiens qui ont suivi les ouvriers, trouvant le sol brûlant, ont secoué leurs pattes et pris la grande route, pour aller chercher de l'ombre. Les hommes restent, pour le pain. Ils sont espacés, tout petits au pied des falaises qu'ils abattent par tranches. De leur château de pierre, ils dominent toute la plaine, où le silence est grand à cause de l'accablement des choses et des gens. La campagne est presque aussi muette que par la neige. La vibration des pics de fer coule, monotone et aiguë comme un chant de grillon, vers les lieux bas...

Il était trois heures de l'après-midi, lorsqu'un cri terrible brisa ce petit bruit des mineurs de pierre. Et les gens épars au bas de la colline, dans les champs, tournèrent la tête, et virent s'élever une fumée de poussière, comme il en sort d'une aire où l'on bat le froment. Puis six ouvriers parurent sur le bord de la route qui, ayant traversé la carrière, descendait vers les villages. Ils faisaient des signes, et leurs mots, criés en même temps par deux ou trois, roulaient en désordre. Ils portaient, étendu sur une civière, un homme sans connaissance et couvert de sang.

Ils auraient voulu de l'eau fraîche et du linge.

Personne ne vint. Ils descendirent. Le visage du blessé, dans la lumière, était blanc comme de la poussière de craie, et, pour le protéger, l'un des mineurs le couvrait avec deux feuilles de fougère, cueillies au bord du fossé. Elles étaient balancées par la marche. Personne ne parlait. Les ouvriers de la carrière, les compagnons habituels du blessé, groupés au sommet de la côte, regardaient le malheur descendre. Les porteurs pleuraient, avec des figures dures, et les larmes tombaient avec la sueur.

Quand ils furent au bas de la pente, où l'ombre commençait, ils tournèrent à droite, ouvrirent une petite barrière, et entrèrent dans l'enclos des Louarn. Des cris de femmes retentirent aux deux angles opposés. Noémi, les bras levés ; la compagne de Louarn, avec un jurement de douleur, se jetèrent au-devant des porteurs.

– Qu'est-ce qu'il a ? Dites-le donc ? Est-ce qu'il est mort ?

– Laissez-nous, Noémi ;... allez tirer la couverture de son lit...

– Il ne parle plus ! Il ne voit plus ! Oh ! du sang qui coule ! Père ? Père ?

Repoussant la jeune fille, et la femme qui criait : « N'y a qu'à nous que ça arrive ! Ça ne tombe que chez nous ! » les carriers longèrent le carré de choux, et, dans la première chambre, sur le lit, près de la fenêtre, déposèrent leur camarade. Le reflet des rideaux de serge verdissait la figure de Louarn.

– Il est mort, n'est-ce pas ? demanda Noémi.

Deux vieux ouvriers, qui restaient là, immobiles de stupeur et de lassitude, cessèrent de contempler le blessé, et dirent :

– On ne croit pas ; il a un peu de souffle.

Un jeune, qui avait une figure pâle, tout en pointe, et de petites moustaches relevées, s'écartant pour que Noémi s'approchât, dit :

– J'ai une bécane qu'est pas loin, mam'selle Noémi. Je vas courir au médecin. S'il y a espoir, il le dira. Il ne faut pas plus de trois quarts d'heure. Je ne m'amuserai pas en route, soyez tranquille !

Et, tandis qu'elle se penchait pour écouter le souffle :

– Voilà ce qui est arrivé : le grand chaud fend la pierre, des fois ; Louarn n'a pas eu le temps de se garer ; ça lui est tombé sur les jambes, là, du haut de la carrière, de plus de quatre mètres. C'est moi qui l'ai relevé. Il était presque enterré. Il n'a poussé qu'un cri, avec les yeux tout grands ouverts, puis il les a fermés comme à présent, et il n'a pas plus bougé qu'un mort. N'est-ce pas, vous autres ?

Il fit un signe de tête pour prendre congé, enfonça son chapeau, et sortit pour aller chercher le médecin. Les autres ouvriers confirmèrent le récit ; ils se mordirent les lèvres, en écoutant pleurer Noémi, Lucienne et les deux petits groupés sur le seuil de l'arrière-chambre, et qui appelaient leur père.

Et, l'un après l'autre, ils répétaient comme une explication et une consolation :

– C'est le métier qui veut ça... Tout le monde n'a pas de chance. Pauvre Louarn !

Bientôt, ils se retirèrent, sauf un, le plus ancien, qui aida la femme à déshabiller Louarn inanimé. Le sang coulait de vingt endroits, depuis le ventre jusqu'au-dessous des genoux, trous béants, mâchures, coupures produites par l'éclatement des chairs comprimées et que poudraient des fragments de pierre, de la poussière et des morceaux d'étoffe...

À la nuit, une voiture s'arrêta sur la route. Louarn, sorti de son long évanouissement, criait, sans interruption, depuis deux heures.

Deux femmes le veillaient, et celle qui vivait avec lui depuis sept années n'était pas parmi elles. C'étaient deux femmes du bourg, venues au bruit du malheur. L'autre, affolée, irritée par la plainte qui ne cessait point, se tenait dehors, guettant le médecin, inventant des courses à faire dans le bourg, n'apparaissant à la porte que pour répéter, les poings sur les tempes : « Je ne peux pas l'entendre ! » et se sauver aussitôt.

Ce fut elle qui ouvrit la barrière, et précéda un gros homme court, rapide, qui n'était jamais venu en ce coin de pays, et s'était trompé de route.

– Pas facile de vous trouver, la femme ! Quelle contrée de sauvage ! Où est-il ?

– Là, vous ne l'entendez donc pas ?

Le médecin entra dans la salle qu'éclairaient les flammes du foyer, car on cuisait les pommes de terre pour le souper. La flambée montant plus haut que le bois du lit où était couché le blessé, le médecin aperçut une figure maigre, rasée, convulsée, et deux yeux éclairés jusqu'au fond, comme des cornets lumineux, et qui regardaient fixement, avec angoisse, tandis que les lèvres ouvertes, tendues en arc, jetaient la même plainte sans arrêt : « Ah ! ah ! » et s'étiraient encore quand la douleur était plus aiguë.

– Voyons les jambes !

D'un mouvement brusque, le médecin souleva les couvertures et les draps, et les rejeta contre le mur. Un hurlement sortit de la bouche du blessé. Les quatre enfants, massés dans la seconde chambre et pressés contre les montants de la porte, s'enfuirent vers l'appentis, ne pouvant supporter cette angoisse qui leur tordait les nerfs.

Les linges sanglants, la blouse prêtée par un camarade pour envelopper l'un des genoux et toute maculée de sang noir, furent enlevés d'une main hâtive. L'une des femmes du bourg tenait une chandelle ; l'autre une cuvette. La tête du médecin, et ses épaules vêtues d'orléans noire, étaient penchées vers le milieu du lit. Et des gouttes de sueur coulaient sur le visage de Louarn, dont les prunelles se perdaient quelquefois dans le haut de l'orbite, tandis que la plainte ininterrompue de ses lèvres emplissait la chambre, et s'échappait dans la campagne nocturne, chaude et sentant la moisson.

La Louarn allait et venait, demandant à voix basse :

– Monsieur le médecin, est-ce qu'il va périr ?

Au bout d'une heure, celui-ci, qui n'avait fait aucune attention à la question, se redressa, et comme s'il l'entendait pour la première fois, répondit :

– Non, je crois qu'il vivra ; mais les jambes ne reviendront pas.

La femme se rapprocha, hagarde, le corps penché en avant, insultante dans la douleur, dans l'épreuve où le fond de l'être apparaît.

– Qu'est-ce que tu dis ? Tu n'es pas capable de le raccommoder ?

– Pas complètement, répondit le médecin qui regardait ses mains, embarrassé et cherchant une cuvette et du savon.

– Vendu ! Qui est-ce qui va fournir au ménage, à présent ? Sais-tu qu'il y a quatre enfants, ici ? Vendu ! Si tu étais chez des riches, tu le tirerais d'affaire ;... Qu'est-ce que tu veux que je devienne avec un infirme ?

Le médecin saisit un linge, qu'une des voisines du bourg lui tendait, et ne répondit pas.

Puis, négligeant celle qui venait de parler, il recommanda aux autres diverses choses, et promit de revenir sans préciser le jour, comme ils font quand ils prévoient une souffrance longue et sans remède.

Il traversa seul le petit jardin. Tout au bout, dans la nuit, le long de la barrière, une forme svelte se leva ; Noémi demanda :

– Monsieur, est-ce vrai qu'il ne pourra plus travailler ?

Le gros homme qui marchait en roulant sur la terre de l'allée, las de sa journée, las de l'heure qu'il venait de passer dans la maison, et commençant à sentir que l'air vicié de la chambre se détachait de ses vêtements et se dissipait dans la nuit, sursauta, et s'arrêta, prêt à répondre durement. Il reconnut, à la voix, à la silhouette, au profil fin de Noémi qui se dessinait sur le blanc de la barrière, qu'il avait devant lui une enfant de ce blessé, de ce condamné.

– Ma petite, répondit-il, je crains bien que ce ne soit vous qui deviez travailler pour lui, à présent.

– J'y ai pensé déjà, fit la voix. J'aurai mes quatorze ans bientôt. Je me mettrai en condition. Et j'enverrai l'argent que je gagnerai. Je suis forte.

Le médecin considéra cette grêle apparition.

– Et les plus petits ?

– Lucienne les gardera. Nous avons convenu de tout, elle et moi, tout à l'heure.

– Je reviendrai demain sans faute, dit l'homme en ouvrant la barrière, je reviendrai vers midi.

Il fit quelques pas sur la route, au bord de laquelle son cheval, intentionnellement mal attaché, mangeait de l'herbe. La lanterne de la voiture trembla, pendant cinq minutes, entre les chênes du chemin, et disparut.

Le lendemain, au petit jour, lorsque Noémi se leva, ayant mal dormi, elle passa la tête par l'ouverture de la porte qui faisait communiquer les deux chambres. La plainte, qui s'était apaisée une partie de la nuit, recommençait, mais faible, épuisée, haletante... L'enfant vit que le père demandait à boire. Les femmes étaient retournées dans le bourg, vers onze heures du soir, promettant de revenir ; elles n'étaient pas encore revenues. Noémi sauta du lit, passa un jupon court, et donna à boire un peu de lait au blessé, que la fièvre avait saisi et accablait. Celui-ci reconnut peut-être sa fille, mais ne lui sourit pas.

Elle eut le sentiment que le danger avait augmenté. Il fallait quand même allumer le feu, comme chaque matin, et augmenter la chaleur dans cette chambre déjà chaude, et relancer la flambée du bois dans ces yeux malades.

Noémi sortit pour aller prendre de la tourbe, qui ferait moins de flamme, et dont il y avait une provision près des niches à lapins, dehors. Sans doute celle qu'on appelait la Louarn avait eu la même idée, puisqu'elle ne se trouvait pas dans la chambre.

L'enfant revint avec des mottes de tourbe, sans avoir rencontré la femme, et alluma le feu.

À ce moment, les coqs chantaient. Les voisines du bourg entraient.

– Où est ta mère, petite ? demandèrent-elles.

– Peut-être au bourg, dit Noémi, car je ne la vois ni ne l'entends, depuis que je suis levée.

– Nenni, fit l'une des voisines, car le débit n'est pas encore ouvert.

– Elle sera montée à la carrière, alors, parce que les outils du père y sont restés, dit Noémi, et elle ne laisse rien perdre.

Le médecin revint et refit le pansement des plaies, puis il quitta la maison, avec un hochement de tête et des mots vagues qui ne signifiaient rien de bon. Mais la Louarn ne reparut ni pour le repas de midi, ni à deux heures, ni à trois. Le père délirait et s'affaiblissait. Joël et Lucienne, envoyés à la carrière, pour avoir des nouvelles, puis au bourg, rapportèrent que personne n'avait vu la Louarn.

Une des femmes qui soignaient le malade, la grosse qui avait des moustaches, dit :
– Elle s'est peut-être détruite.
– Non, fit l'autre. Quand elle a appris qu'il était si malade, elle a eu l'air toute perdue ; et j'ai bien vu qu'elle ne pensait pas à lui, mais à elle... Ma petite Noémi, faut pas te faire du chagrin, mais je crois bien qu'elle ne reviendra pas.
– Ne dites pas cela aux petits, dit simplement Noémi. Elle ne pleura pas. L'autre fut stupéfaite. Mais, la nuit venue, les petits commencèrent à s'inquiéter. Lucienne, Joël, qui se croyaient les enfants de cette femme, demandèrent avec des larmes : « Où est-elle ? » Baptiste, les voyant pleurer, courut avec eux autour de la maison, criant : « Maman, où êtes-vous ? Maman, où êtes-vous ? » Et aussi longtemps qu'ils furent éveillés, les petits eurent autant de chagrin qu'on peut en avoir à onze ans, à huit ans, à six ans.

Cette nuit-là, ce fut Noémi qui veilla le père, depuis minuit jusqu'à l'aube. Elle se sentait toute seule, dans l'ombre, qui est pleine de rêves, de peurs et de projets. Leur troupe l'enveloppait comme elle avait enveloppé sa race, autrefois, dans les champs de blé noir et d'ajoncs, comme elle avait effrayé, consolé ou bercé une autre femme jeune, semblable à elle, longuement penchée sur des berceaux, et même ce pauvre homme émacié, brûlé par la fièvre, délaissé deux fois, et qui avait eu une jeunesse et des songes aussi pendant les nuits de veille. Il dormait d'un sommeil coupé de frissons, de plaintes, de visions de fièvre. Elle le considérait, croyant quelquefois qu'il parlait pour elle, comprenant aussitôt qu'il divaguait. Quand elle ne le regardait pas, elle pensait au lendemain, et quand elle le regardait, elle pensait à son enfance, à des choses lointaines. Et peut-être se retrouvaient-ils dans ce lointain, voyageurs qui suivaient le même souvenir, sans se voir, sans être sûrs du voisinage. Il y en avait un qui délirait ; l'autre songeait, sa petite tête appuyée sur ses mains, ayant la chandelle entre elle et son père. Quelquefois, elle disait des mots à voix basse, pour briser la grande solitude et la plainte du vent qui rôdait autour de la maison, et que le silence enhardit. Pauvre père, elle ne se souvenait plus de la figure qu'il avait lorsqu'il était jeune, mais elle se souvenait de la maison au sommet d'une butte, et de la grande clarté que c'était, tout alentour, et de l'ombre à l'intérieur, et d'une vache qui montrait sa bonne tête quand on ouvrait la porte, au fond de la chambre, et du berceau de Joël que Noémi, toute petite, balançait à l'aide d'une ficelle.

Elle rassembla ces images, et quelques autres qui formaient pour elle le bonheur passé. Elle se demanda si le père n'avait pas, de ce temps-là, les mêmes souvenirs heureux, et elle ne douta pas qu'il en fût ainsi. Il semblait dormir, mais il souffrait.

Alors, comme si elle eût voulu envoyer un message à cette âme prisonnière derrière son masque clos, à cette âme garrottée par la douleur et le cauchemar, elle tendit ses lèvres plus nerveusement que de coutume, elle jeta, avec netteté et presque sans voix, dans la chambre muette :

– Donatienne !

Elle attendit : le visage enfiévré ne reçut aucune vie, aucune joie, aucune peine de ce mot inhabituel.

Une seconde fois, le nom de la mère qu'elle aimait, de la femme qu'il avait aimée, frissonna dans la nuit. Les paupières du blessé se soulevèrent faiblement, assez pour que Noémi eût l'impression d'un regard, d'une réponse de l'âme égarée et malade. Elle crut que le regard était plein de reproches, et que l'instant d'après, les lèvres en s'agitant disaient : « Tais-toi ! ne prononce pas le nom de ma plus grande douleur ! »

Puis ce fut de nouveau l'entière absorption de l'être dans la souffrance, les yeux clos, les joues qui se creusent, et qui pâlissent aux coins de la bouche grimaçante.

Noémi continua de songer. Au petit matin, quand un peu de jour mit comme du givre aux fentes des volets, elle s'approcha de la fenêtre qui était percée du côté des peupliers et des champs, et elle se pencha sur l'appui de bois qu'il y avait en avant, et elle tourna le dos, de peur que le père ne surprît le secret.

Elle voulait écrire.

Avec lenteur, non pour trouver les mots, mais pour les former, l'aînée des Louarn écrivit à « Madame Donatienne », et mit l'adresse qu'avait donnée le passant.

Elle attendit que le jour fût levé, puis, guettant le marchand d'œufs qui passait, elle lui tendit la lettre qu'il devait jeter dans la boîte de la gare, là-bas, sur le plateau. Le marchand arrêta son maigre cheval lancé au trot.

– Ça sera fait, ma jolie, dit-il.

Il lut et épela l'adresse, qui ne lui causa aucun étonnement, à lui qui était de loin, et à qui ces Louarn importaient peu, petites gens dont le jardin n'était qu'une tache sur la route que suivait la voiture. Mais Noémi avait rougi, en lui remettant la lettre, comme si ç'avait été une lettre d'amour. Elle avait enfermé tout son espoir et tout son rêve dans cette enveloppe menue, sur laquelle la grosse écriture appliquée disait : « À Madame, madame Donatienne » ; et quand elle vit diminuer, puis disparaître la carriole du marchand, elle chercha à s'imaginer ce qui allait arriver. Combien de temps mettrait la lettre pour parvenir à destination ? Peu, sans doute. Bien que Noémi n'eût jamais mis le pied dans un train, elle en avait vu passer ; elle savait qu'ils vont tous vers Paris, avec leurs fumées blanches couchées sur le dos, et si vite, si vite... Où serait la mère ? Dans quelle maison, que Noémi se représentait pareille à celles du bourg ?... Donatienne était debout sur un seuil de briques posées sur tranche ; elle tricotait, comme les femmes du bourg ; elle ouvrait la lettre ; elle disait : « C'est de mon enfant Noémi ! Il y a du malheur chez nous !... » Mais l'enfant ne voyait plus ce qui arriverait ensuite, et elle sentait en elle une inquiétude, une angoisse qui grandissait, à mesure que les heures s'écoulaient.

Et cela devint si fort, que, vers le soir, lasse d'avoir souffert sans se plaindre, plus lasse encore d'avoir entendu souffrir le blessé, elle laissa un moment les deux femmes charitables qui gardaient le malade, et fit signe à Lucienne et à Joël. Dès la porte, tout bas :

– Où allons-nous ? fit Lucienne.

L'aînée mit un doigt sur ses lèvres. Derrière, elles traversèrent l'enclos, Lucienne blonde, rose, moins élégante et moins vive, et Joël tout frisé, comme un mousse, et vêtu d'une culotte qu'une seule bretelle attachait aux épaules. Ils s'avancèrent, en file indienne, jusqu'à la route, et tournèrent à gauche, par où la terre montait.

Ils montent la colline, les trois petits, ayant dans le cœur, l'une de la peine comme une femme, les autres un peu de chagrin, comme des enfants. Ils ne se parlent pas. Joël mange des mûres aux haies qui sont poussiéreuses. On entend les coups de pic des ouvriers, car le travail continue, sans le blessé de la veille. Les chênes deviennent maigres et clairsemés sur la pente où le rocher affleure partout. La route est dure à gravir. Noémi traverse la carrière d'une extrémité à l'autre, et quelques-uns des abatteurs de pierre, debout sur d'invisibles saillies de la falaise attaquée, et comme incrustés en elle, crient de loin :

– Petite Noémi ?... Le père Louarn va-t-il mieux ?

Elle fait signe que non, de sa tête mignonne dont le menton se lève un peu, fiérottement, et elle va sans s'arrêter. Elle ne peut parler : son cœur lui parle trop. Elle dépasse le défilé où la route n'est qu'une entaille dans la muraille rocheuse, et au-delà duquel la colline commence à s'abaisser vers le nord, toute vêtue de genêts et de fougères. Personne ne peut plus la voir, sauf Lucienne et Joël qui demandent : « Où va-t-on ? » et qui s'étonnent. Mais elle s'avance jusqu'à une motte de terre en promontoire, qui est là, au bord de la route, et d'où la vue est grande sur tout le pays. Elle a bien des fois, cette Noémi, jeté de là des cailloux dans la seconde vallée, profonde et toute pleine de pointes d'arbres tremblantes ; bien des fois flâné en regardant, sur la gauche, la fuite indéfinie des guérets, des blés, des luzernes des prés, et le ciel voyageur qui est au-dessus. Aujourd'hui, elle n'a d'yeux que pour le plateau qui se lève, au nord, après la vallée étroite, et pour le ruban de route qu'on y peut suivre, tordu, effacé, reparu, jusqu'à l'endroit où les choses se mêlent et s'apparentent comme des grains de poussière ; c'est la grande route qui part de la gare invisible, bâtie dans une brande, la route que prennent les rares voyageurs qui ont affaire

dans la région. Les deux enfants plus jeunes ont rejoint Noémi sur le tertre avançant. La lumière, inclinée, rase le sol, et rend douce l'étendue.
- Est-ce que tu vois du monde, sur la route ? dit Noémi.
- Un troupeau de moutons avec son berger. Mais c'est bien loin... Est-ce le médecin qui va venir par là ?
- C'est notre mère, répond Noémi.
- Elle a f... le camp, tu le sais bien ! dit Lucienne.

Et elle approche son visage rousselé, et ses cheveux ébouriffés, tout dorés dans le soleil, de ce mince visage angoissé de la sœur aînée. Celle-ci reprend :
- Celle qui va venir, c'est la vraie.

Elle parle doucement ; elle a les yeux fixés sur le lointain ; elle est si grave, que les deux cadets la croient sur parole, et cherchent, eux aussi, à découvrir sur la route, là-bas, la mère qui doit venir.
- Elle n'est pas vieille ? demande Lucienne, comme avait fait Noémi.

Noémi répond :
- Pas vieille du tout. Il faut qu'elle vienne. Sans cela nous sommes perdus, mes petits...

Ils ne comprennent pas bien pourquoi. Cependant, ils s'attendrissent, et leurs yeux s'emplissent de larmes. La nuit va tomber. La route est grise déjà, grise jusqu'au bout. Personne n'y passe. La mère ne vient pas.

Les petits se lassent de fixer le même point. Ils se mettent à toucher les herbes et les pierres. Noémi, seule, les yeux en avant, la moitié de son visage éclairé par le couchant qui pâlit, joint les mains sous son tablier, et dit, dans le vent qui souffle de l'ombre : « Reviens ! Reviens ! »

L'ombre a complètement caché la seconde vallée ; elle a confondu, même sur le plateau, la route avec la lande. Alors Noémi se détourne. Elle a l'air si triste que les petits la regardent en dessous, à présent, de chaque côté, et lui prennent la main, pour se rassurer. Tous trois, ils regagnent la maison. Les ouvriers sont partis. La journée est finie. Louarn a toujours la fièvre. Les femmes disent qu'il ne vivra pas...

Le lendemain, sur la même motte, au sommet de la colline, Noémi revint, avec Lucienne et Joël, et le surlendemain de même. L'attendue ne parut point. Et, le quatrième jour, la petite Noémi désespéra, et ne monta plus là-haut.

XIII La mère

Le quatrième jour, les petits Louarn cessèrent donc de monter sur la carrière.

Cependant, une femme venait vers eux, ce jour-là même. Elle n'avait reçu la lettre que le matin, le marchand d'œufs ayant oublié, dans la poche de sa blouse, le papier dont il était chargé. Inconnue traversant des pays inconnus, pliée en deux et la tête dans ses mains, ou bien rencognée dans un angle du compartiment de troisième classe, elle venait. Une chose la préoccupait avant toutes les autres : comment reparaître devant eux ? Que répondre, quand ils demanderaient : « Maman, où étiez-vous ? » Jamais ils ne la croiraient, si elle disait : « Je vous aimais pourtant. » Ne pas être crue ; être méprisée, ou maintenant ou plus tard, de ceux qu'elle avait enfantés ; apporter avec soi dans la maison son péché de sept années, et le sentir toujours là, quand ils la baiseraient au front ! Vivre entre ce remords et la vengeance possible et les reproches certains de son mari ! Retrouver l'ancienne misère aggravée par la maladie ! S'ensevelir dans tous les devoirs d'autrefois, tous accrus, et n'avoir même plus, pour reprendre courage, la première jeunesse qui aide tant !... Quel avenir ! Et n'était-ce pas vers cela qu'elle allait ?... Pourquoi était-elle partie ? Elle se le demandait. Elle ne se comprenait pas elle-même. « Comment ai-je fait cela ? Je vais à mon malheur ! Toujours plus ! Toujours plus ! »

Le train courait depuis des heures. Le soleil brûlait la place où elle était blottie. Déjà il penchait. Ses rayons étaient de biais, comme les blés qui versent. Elle ne voyait et ne sentait rien autre que sa peine.

Oui, comment s'était-elle décidée si brusquement ? Elle repassait indéfiniment, dans son esprit, les circonstances qui avaient marqué cette matinée. Quelle heure était-il ? Sept heures et demie... C'est bien cela,... un peu plus, peut-être... Elle allait sortir pour les provisions... Elle avait mis son chapeau de paille, contre son habitude, qui était de sortir en cheveux, dans le quartier. Le facteur entre. Une lettre... Elle ne connaît pas l'écriture... Elle ouvre, elle lit... Heureusement, pas un client n'est là ! Elle peut baiser la page, dix fois, vingt fois... C'est Noémi qui l'a écrite, la lettre ! Elle appelle au secours... Et il n'y a pas même une hésitation, pas un raisonnement. Elle appelle au secours : il faut aller ; revoir celle qui est l'aînée, Noémi qui lui ressemble ; il faut retrouver contre sa poitrine le cœur de ses enfants, les tenir là, tous trois, autour d'elle, leurs bras autour de son cou... Et l'image de cette joie maternelle avait été si puissante que Donatienne était remontée en hâte dans sa chambre, avait ouvert l'armoire, et, sur la plus haute planche, saisi un paquet enveloppé dans une serviette cousue, et tout gris de poussière accumulée.

– Qu'est-ce que tu cherches, Donatienne ? Pourquoi reviens-tu ?

Bastien Laray dormait à moitié.

– Rien ; rendors-toi ; je vais chez la lingère.

Vivement, elle était redescendue, elle avait pris la clef du comptoir, et mis dans sa poche l'argent qui s'y trouvait... Tout le reste ne serait-il pas pour lui ? Oh ! elle ne le volait pas, non, loin de là... Elle lui laissait plus qu'il n'avait à réclamer. Et, comme folle, de joie et de peur, elle avait pris le chemin de fer de ceinture, puis la grande ligne du centre.

Maintenant, et de plus en plus, elle aurait voulu ne pas achever le voyage. Il lui semblait qu'elle était emportée vers un gouffre. L'effroi grandissait en elle à mesure qu'elle approchait du terme de la route, et des révoltes la prenaient contre sa résolution première, comme ceux qui vont se constituer prisonniers, et qui luttent, et qui se détournent à la dernière minute... Reprendre le chemin de Paris, elle n'y songeait pas. C'était fini. Elle était libérée d'une servitude... Mais pourquoi courir à l'autre ?... Il était facile de descendre à cette station, à cette autre, dans ce village... Elle trouverait toujours à gagner sa vie...

Donatienne savait que les arrêts n'étaient plus nombreux, avant celui qui serait définitif, car la fin du jour s'annonçait. L'air était tout doré. Parmi les touffes sèches d'asphodèles, sur le plateau couvert de bruyères et de pâtures, les étangs luisaient, rayés de lames d'or qui unissaient les rives déjà violettes, et que perçait, çà et là, un jonc brisé. C'était le dernier éclat du soleil, l'heure d'arrivée pour elle. Trois fois, la voyageuse, quand le train s'arrêtait, toucha de la main le paquet posé sur la banquette, et se leva, résolue à descendre dans ces campagnes, qui étaient du moins pour elle sans autre effroi que celui de l'inconnu. Mais quelque chose de plus fort que la peur la fit renoncer à la fuite ; trois fois elle entendit monter, comme la voix de la mer dans les cavernes qu'on ne voit pas, les noms de Noémi, de Lucienne et de Joël. Elle se rappela les termes de la lettre qu'elle avait là, dans son corsage, et qui disait : « Nous avons eu du malheur ; aujourd'hui le père a eu les jambes écrasées ; il crie ; il va peut-être mourir ; bien sûr, il ne pourra plus travailler dans la carrière. Ah ! maman, si ma lettre vous arrive, revenez pour lui, et revenez pour Noémi ! »

Elle se rasseyait ; elle reprenait la force d'aller jusqu'à la station prochaine...

Le soleil baissa encore... Le train s'arrêta, et l'employé cria un nom, celui du village d'où était datée la lettre de Noémi.

C'était là.

Sur le quai, une femme descendit, seule, son paquet à la main. Les wagons se remirent à rouler. Quand ils eurent disparu, elle demanda son chemin, et, après qu'on le lui eut dit, resta immobile, si pâle que le chef de station demanda : « Vous êtes malade ? » Elle secoua la tête. Elle était seulement incapable de porter plus loin sa peine et de faire un mouvement.

Ne comprenant pas, l'employé la laissa. Elle demeura ainsi, plusieurs minutes. Puis, sans raisonner de nouveau sa résolution, sans rien qui marquât dans son âme une lutte et une victoire, elle fit ce premier pas qui signifiait une acceptation de la destinée. Ce fut une volonté obscure, un acte presque inconscient dans le présent et dont les causes étaient anciennes. Mais le moindre sacrifice, le plus pauvrement, le plus tardivement consenti, renouvelle une âme. Donatienne, dès qu'elle eut seulement traversé le quai de la gare, se sentit plus forte. Elle continua en tournant à gauche, et répétant : « C'est pour vous ravoir, mes trois petits ! » Et son cœur s'anima d'une espèce de joie de souffrir pour eux. Elle se hâta. Elle apercevait, en avant, le bord du plateau et, dans la poussière rouge du couchant, la plaine immense où il fallait descendre. Il le fallait.

À quelque distance de la gare, comme il n'y avait personne sur la route, elle ouvrit le paquet enveloppé d'un linge, en tira une robe noire à petits plis, galonnée de velours, – celle avec laquelle jadis elle était venue à Paris, – elle trouva aussi trois coiffes de mousseline, trois coiffes de Plœuc qui ressemblent à une fleur de cyclamen, et elle en choisit une, bien que l'étoffe fût froissée et jaunie. Et, entrant par la barrière d'un champ, elle reprit l'ancien costume de Bretagne, et serra dans la serviette la robe achetée à la ville.

« Ils me reconnaîtront mieux », songea-t-elle.

Elle se remit en marche, et elle réentendit le battement doux que faisaient sur ses tempes les ailes de la coiffe de lin.

Donatienne traversa le plateau, descendit dans la plaine où, d'un regard d'épouvante, tout à l'heure, elle avait cherché à deviner la maison. Elle était décidée à entrer. Elle gravit la première colline, celle que couronnaient les falaises de roches, et au-delà de laquelle il y avait l'enclos. Mais elle ne le savait pas. Elle était toute nouvelle au pays. Pour se donner du courage, elle se demandait si elle allait être reconnue par ses enfants, et lequel des trois abandonnés la reconnaîtrait le premier.

Dans le jour finissant, les ouvriers travaillaient encore.

Elle entendit le bruit de leurs pics. Un enfant jouait au bord de la route, avec des pierres qu'il disposait en pyramides. C'était Baptiste, que les carriers avaient adopté, depuis le malheur, et qu'ils emmenaient avec eux dès le matin, le payant d'une écuelle de soupe, pour que l'enfant descendît au bourg et fit les commissions. Donatienne allait le dépasser.

– Bonjour, petit !
– Bonjour, madame !
– Dis-moi, est-ce loin, la maison de Jean Louarn ?

Il tourna vers elle sa face carrée et ses yeux brillants de vie, où le songe des mers bretonnes n'avait jamais passé.

– Nenni, c'est pas loin. C'est la première au bas de la côte.

Pendant qu'elle regardait au-dessous d'elle, dans le soir qui creuse les vallons :

– Je peux vous conduire, reprit le jeune gars ; c'est chez moi : je suis un Louarn.

– Toi ? Ce n'est pas vrai !

– Pas vrai ! Dites donc, les hommes, là-bas, est-ce que je ne suis pas un Louarn, moi, Baptiste Louarn ? Elle ne veut pas me croire !

De grosses voix, renvoyées en échos par les falaises, répondirent :

– Mais si ! Vous pouvez vous fier à lui ! C'est le fils d'un camarade !

Et, comme le petit guettait, tout fier, ce qu'elle allait répondre, il la vit devenir si blanche de visage, qu'il pensa à la figure de son père blessé. Donatienne comprenait. C'était l'enfant de l'autre qui lui disait le premier bonjour !...

Alors, des profondeurs du passé de sa race et de son propre passé, l'appel à Dieu s'échappa. Dans l'agonie de son cœur, elle chercha vaguement, parmi les verdures, une croix pour y suspendre une pauvre prière faible, une croix comme il y en a toujours, en Bretagne, aux carrefours des chemins. Mais elle n'en rencontra pas.

Un court moment elle se recueillit, et, se sentant moins faible, elle regarda de nouveau le petit.

– Baptiste Louarn, demanda-t-elle, ta mère est-elle chez toi ?

– Non, madame. Ils disent qu'elle ne reviendra plus.

– Qui a dit cela ?

– Mes sœurs, et aussi les femmes du bourg.

Donatienne prit la main de l'enfant.

– Conduis-moi, petit. Elles se trompent. Ta mère est déjà revenue, puisque me voici.

Il ne la comprit pas. Tous deux, côte à côte, ils se mirent à descendre. L'enfant lui montrait du doigt, entre les souches de peupliers, le toit de la maison. Elle ne le voyait plus. Elle avait les yeux grands ouverts, un peu levés, et des lèvres qui buvaient

le vent, et qui remuaient. Donatienne disait : « J'ai envie de mourir ; faites-moi porter la vie ! »
Baptiste entendit à peine, car elle parlait tout bas. Il crut qu'elle prononçait le nom de Noémi. Et il dit :
– Elle va venir. Quand ma grande sœur me voit, elle vient toujours au-devant.

À ce moment, ils arrivaient au bas de la colline, et l'on voyait la haie vive des Louarn, avec les feuilles des peupliers, au-dessus, qui frissonnaient. La barrière était ouverte. C'était l'heure où la campagne se tait, pour boire la première ombre et la première fraîcheur. Baptiste siffla deux notes. Dans le jour cendré, au bout du jardin, une tête jeune, éveillée, répondit à l'appel, et se pencha hors de la porte. Elle allait sourire. Elle allait parler. Mais tout à coup, elle eut une secousse, comme si elle se retirait. Les yeux s'agrandirent. Ils venaient de découvrir, près de Baptiste, une femme qui s'appuyait sur la barrière, et qui était mince, et jeune encore, et pâle, et coiffée tout autrement que les femmes du pays.

Noémi hésita une seconde. Puis elle eut la force de ne pas crier, et elle sortit en courant, muette, brave, les yeux levés vers sa joie. Elle était sûre. Son cœur, mieux que ses yeux, avait reconnu la mère.

Celle-ci la voyait venir, et se tenait immobile.

Et elle ferma les yeux, de bonheur et de douleur, quand Noémi fut près d'elle, et, toute droite, elle se laissa envelopper par les bras de l'enfant, qui disait le mot qu'elle avait tant souhaité entendre : « Maman ! maman Donatienne ! »

Mais elle se sentait indigne, et la joie fuyait, à mesure qu'elle tombait dans son cœur.

– Maman Donatienne, papa est mieux : depuis ce matin, il reconnaît les gens ; la fièvre a diminué... Ah ! maman, je ne comptais plus sur vous !

Personne ne les entendait, l'une qui pleurait, l'autre qui parlait bas.

L'ombre était presque faite ; le jardin se taisait. Mais on pouvait venir. La mère dénoua les bras qui la serraient, écarta l'enfant qui voulait l'embrasser et lui parler encore, et, nerveuse,

mettant les doigts sur les lèvres de Noémi, craignant une question qui la torturait :
- Ne me demande rien, dit-elle. Je vous ai toujours eu dans le cœur, mes petits... Je reviens pour vous... Mène-moi !
Légère, troublée et fière, l'enfant prit par la main sa mère, et, levant le front, longea le carré de choux, la mare, et tourna pour entrer dans la maison.
Il n'y avait point de lampe allumée dans la chambre, et toute la lumière était une faible rayée qui coulait de la fenêtre, en biais, sur le lit du père, et se diluait dans les ténèbres grandissantes.
Les voisines étaient assises à côté de la fenêtre ; Joël et Lucienne jouaient sur la terre nue, dans l'ombre. Le blessé sommeillait.
Quand Donatienne entra, derrière Noémi, personne n'y fit attention. Elle s'avança, sans être remarquée, jusqu'auprès du lit. La tête de Louarn endormi était dans l'ombre. Celle de sa femme recevait la lumière, faiblement. Les voisines chuchotèrent : « Qui est-ce ? » Les deux ailes de la coiffe de lin se penchèrent vers le blessé. Donatienne regardait Louarn. Et cette femme, qui avait péché et souffert, en ce moment du moins avait pitié. Elle considérait le visage émacié, tourmenté, vieilli, usé par le chagrin et le travail, le visage qu'elle avait fait en s'en allant. Et ses lèvres tremblaient.
Noémi, qui s'était écartée et mise un peu en retrait, mais tout près de la jupe à petits plis qu'elle tenait de la main, souffla, dans la chambre silencieuse, un seul mot :
- Maman !
L'homme releva les paupières, et, des profondeurs du sommeil et de l'oubli, son âme monta lentement vers ses yeux, qui s'effarèrent de cette vision de la coiffe bretonne, et se perdirent en haut, puis revinrent à elle, puis frémirent, puis s'avivèrent de deux larmes, qui coulèrent. Tant d'autres avaient passé avant, qu'elles tombaient plus vite.
Il demanda :
- C'est-il toi, Donatienne ?
- Oui, c'est moi.

Les voix étaient faibles comme le jour. Le regard de Louarn parut se creuser. On eût dit qu'un chemin s'ouvrait jusqu'à la peine cachée de son âme.

– Comme tu reviens tard ! dit-il. Je n'ai, à cette heure, que de la misère à te donner.

Elle voulait répondre. Mais les yeux du blessé se fermèrent, et le visage retomba de profil sur l'oreiller, inerte, accablé par le sommeil.

Donatienne se tourna vers le milieu de la salle. Elle respirait vite, comme celles qui vont pleurer. Les deux femmes du bourg s'étaient approchées. Noémi lui amenait Lucienne et Joël, hésitants et luttants, et leur disait en vain : « C'est maman, la vraie, je vous assure. » Ils ne l'avaient pas connue. Ils avaient peur d'elle. Et, dès que Donatienne les eut embrassés, ils s'échappèrent, et glissèrent dans l'ombre.

Alors, près du lit d'où elle n'avait pas bougé encore, elle demanda :

– Donnez-moi de la lumière, mes enfants.

Quand la lumière fut posée sur la table du milieu, on vit que la petite Bretonne n'avait pu retenir ses larmes, mais qu'elle ne voulait pas leur donner toute puissance sur elle. Debout près de Noémi, elle avait l'air d'une sœur un peu plus grande, et qui avait de la peine. Elle poussa un grand soupir.

– Noémi, dit-elle doucement, il est l'heure de préparer le souper ?

– Oui, maman.

Donatienne s'arrêta un instant, comme si les mots qu'elle avait à ajouter étaient difficiles à dire.

– Donne-moi les sabots de celle qui est partie.

– Oui, maman.

– J'irai tirer de l'eau, et je ferai la soupe, pour vous tous quatre.

Et ayant mis les sabots de l'autre, elle commença à travailler.

Les classiques anglais aux Éditions du Phare

Déjà parus :

➢ Anthony Trollope *Le domaine de Belton* (1865)

➢ Anthony Trollope *Le cousin Henry* (1879)

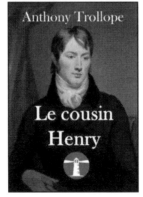

- Anthony Trollope *La famille Bertram* (1859)

- Elizabeth Gaskell *La cousine Phillis - Lisette Leigh* (1864/1850)

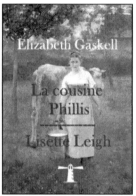

- Jane Austen *Orgueil et préjugés* illustré par Hugh Thomson et C. E. Brock

➢ Anthony Trollope *Trois nouvelles victoriennes (Alice Dugdale, Lady de Launay, la fille du pasteur d'Oxney Colne)*

➢ Frances Trollope *La pupille de Thorpe-Combe*

➢ Dinah Maria Mulock Craik *Lord Erliston* suivi de : *Une mésalliance*

➤ Jerome K. Jerome *Trois hommes dans un bateau*

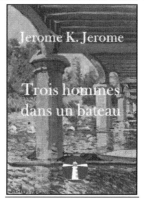

➤ Arthur Conan Doyle *Le chien des Baskerville* – une aventure de *Sherlock Holmes*

➤ Thomas Hardy Tess d'Urberville

➢ Anne Brontë *Agnès Grey la préceptrice*

➢ Margaret Oliphant *La ville enchantée*

À paraître :

➢ Anthony Trollope *Le directeur Harding – Les chroniques du comté de Barset #1*

➢ Anthony Trollope *Les tours de Barchester - Les chroniques du comté de Barset #2*

➢ Anthony Trollope *Le Docteur Thorne - Les chroniques du comté de Barset #3*

➢ Anthony Trollope *Contes victoriens de Noël*

➢ Jane Austen *Emma*

- Jane Austen *Le domaine de Mansfield*
- Jane Austen *Persuasion ou la seconde chance*

- Fanny Burney *Evelina – la nouvelle épistolaire qui a inspiré Jane Austen*

- Elizabeth Gaskell *Par une nuit de mai* suivi de : *La maison*

de la lande

➢ Emily Brontë *Les Hauts de Hurlevent*

➢ Fanny Burney *Cecilia ou les mémoires d'une héritière*
➢ Charles Dickens *De grandes espérances*
➢ M. E Braddon *Le secret de Lady Audley – Un roman à suspense victorien*
➢ Oliver Goldsmith *Le Vicaire de Wakefield – un récit écrit par lui-même*
➢ Jane Austen *Lady Susan – Amour et amitié*
➢ Jane Austen *L'abbaye de Northanger*
➢ Thomas Hardy *Loin de la foule déchaînée*
➢ Dinah Maria Mulock Craik *John Halifax, gentilhomme*

L'objectif des Éditions du Phare est de proposer des traductions fluides à l'orthographe et au vocabulaire modernisés de grands classiques de la littérature anglaise, mais aussi de faire redécouvrir des ouvrages et des auteurs moins connus (comme Dinah Maria Mulock Craik, Fanny Burney, Anne Marsh-Caldwell, M.E. Braddon ou Frances Trollope). Certains de ces romans ou nouvelles ont été traduits pour la première fois en français. La mise en page a été conçue pour une lecture aisée. Exigez la qualité et choisissez les Éditions du Phare !

Les classiques français aux Éditions du Phare

Déjà parus :

➢ Balzac *Béatrix - Un drame en bord de mer*

➢ Octave Feuillet *La petite comtesse*

- Octave Feuillet *Le roman d'un jeune homme pauvre*

- Delly *Le mystère de Ker-Even*

- Charles Deslys *Le blessé de Gravelotte*

➢ Octave Feuillet *Les amours de Philippe de Boisvilliers*

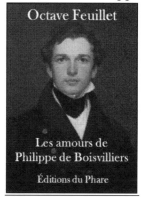

➢ Octave Feuillet *Honneur d'artiste*

➢ Octave Feuillet *Monsieur de Camors*

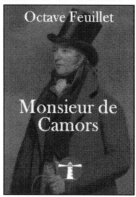

- Octave Feuillet *Histoire de Sibylle*

- Octave Feuillet *L'histoire d'une parisienne*

- Octave Feuillet *La veuve - Julia de Trécœur*

- J. H. Rosny Aîné *L'énigme de Givreuse*

- *Octave Feuillet Bellah*

- George Sand *Le marquis de Villemer - Simon*

- George Sand *Nanon - Marianne*

- George Sand *Le meunier d'Angibault - Metella*

- George Sand *La tour de Percemont*

- George Sand *Monsieur Sylvestre – Le dernier amour*

- Jules Barbey d'Aurevilly *L'ensorcelée*

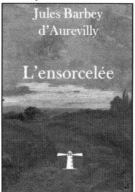

- Charles Deslys *L'ami du village – Maître Guillaume*

- Octave Feuillet *la morte*

- Octave Feuillet *Un mariage dans le monde*

- Madame Octave Feuillet (Valérie Feuillet) *Mystérieux passé*

➢ Arthur Bernède *Belphégor*

➢ Arthur Bernède *L'Aiglonne - L'histoire de la fille cachée de Napoléon*

➢ Arthur Bernède *L'homme au masque de fer*

➤ Arthur Bernède *Le fantôme du Père-Lachaise – Une enquête du détective Chantecoq*

➤ René Bazin *Donatienne (l'histoire d'une bretonne au début du XXe siècle)*

➤ René Bazin *Madame Corentine (Une histoire bretonne)*

➢ René Bazin *Les Oberlé – Les nouveaux Oberlé (Chroniques alsaciennes)*

➢ Delly *La colombe de Rudsay-Manor*

➢ George Sand *La filleule*

- George Sand *Indiana - Pauline*

- Ludovic Halévy *L'abbé Constantin*

- Ernest Daudet *Le roman d'une jeune fille*

- Georges Ohnet *Le maître de forges*

- Georges Ohnet *La Grande Marnière*

- George Sand *Mauprat – Lavinia*

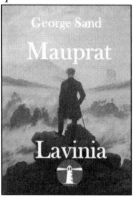

➢ George Sand *Francia*

➢ George Sand *Mademoiselle La Quintinie*

➢ Léon de Tinseau *Fontluce – Le post-scriptum*

➢ George Sand *Spiridion*

➢ George Sand *Le compagnon du Tour de France*

➢ George Sand *La famille de Germandre*

Table des matières

Donatienne 7
   I La closerie de Ros Grignon 7
   II Le départ 15
   III Le chemin de Paris 19
   IV La lande défrichée 24
   V La saisie 30
   VI Le dernier dimanche au pays 44
   VII Le départ de l'homme 48
   VIII Le voyage 50
   IX « À la petite Donatienne » 80
   X Le théâtre 98
   XI Celui qui passe 103
   XII L'été revenu 118
   XIII La mère 131

Les classiques anglais aux Éditions du Phare 139

Les classiques français aux Éditions du Phare 148

Table des matières 165

- Jules Sandeau *Madeleine*

- Léon de Tinseau *L'attelage de la marquise – Le secret de l'abbé Césaire*

À paraître :

- George Sand *Mont-Revêche*
- George Sand *La confession d'une jeune fille*
- Émile Gaboriau *La corde au cou*
- Émile Gaboriau *Le crime d'Orcival*
- Émile Gaboriau *L'affaire Lerouge*
- Jules Barbey d'Aurevilly *Un prêtre marié*
- René Bazin *La barrière*
- Alain Fournier *Le grand Meaulnes*

Et bien d'autres à paraître !